Adalbert Von Chamisso

La merveilleuse histoire de Peter Schlemihl ou L'homme qui a perdu son ombre

Texte et illustration de couverture : © domaine public
Edition : Culturea (Hérault, 34)
Contact : infos@culturea.fr
Retrouvez notre catalogue sur http://culturea.fr
Imprimé en Allemagne par Books on Demand
Design typographique : Derek Murphy
Layout : Reedsy (https://reedsy.com/)

Dépôt légal : janvier 2023

ISBN : 9791041924127

Table des matières

Préambule

D'origine française, il est le type même de l'exilé. Schumann immortalisera L'Amour et la vie d'une femme, *son* Peter Schlemihl *fera le tour du monde comme son créateur, qui en rapportera un journal de voyages passionnant, fruit de sa double qualité, littéraire et scientifique. Cette extériorité fait de lui un observateur lucide de la comédie du monde, un témoin idéal, sans a priori sur les autres civilisations.*

Chamisso, « le Français en Allemagne et l'Allemand en France, catholique chez les protestants et protestant chez les catholiques, philosophe chez les gens religieux et cagot chez les gens sans préjugés ; homme du monde chez les savants et pédant dans le monde, jacobin chez les aristocrates et chez les démocrates un noble », Chamisso est l'incarnation du mouvement perpétuel, et son parcours « complet » de la planète correspondra à une évolution personnelle. Le second Chamisso n'est pas marqué par la chance ou les certitudes, mais plutôt par une espèce de sagesse faite de sérénité et presque de « gratitude ». C'est cette acceptation qui le propulse vers les temps modernes.

« C'est au monde entier qu'il semble donner un exemple de concorde : sa haute et loyale figure, dédaigneuse de tous les préjugés, de toutes les conventions, s'élève au-dessus des frontières d'aujourd'hui. »

(R. Riegel).

« Chamisso était l'homme des paradoxes, et ce fut sans doute en jouant avec son dédoublement intérieur qu'il échappa à l'angoisse d'être partout un étranger sur terre. Ce Français,

né en 1871 au château de Boncourt, fut d'abord un émigré habitué des salons berlinois, puis un des poètes allemands les plus adulés ; cet infatigable voyageur ne rentra chez lui que pour accepter le poste de directeur du Jardin botanique – sa passion pour les rivages lointains ne devait le rattraper que plus tard, dans son agonie, quand il se mit à délirer en français et en hawaïen ; ce maniaque de la solitude ne trouva qu'un seul moyen de conjurer sa méfiance envers les vertus conjugales : il se maria avec une jeune fille de 18 ans, eut sept enfants et ne survécut qu'une année à la mort de sa femme. Enfin et surtout, cet inoffensif herboriste qui parcourait les montagnes à la recherche de plantes rares fut aussi l'extraordinaire, l'inquiétant auteur du fameux Peter Schlemihl que lui envièrent Andersen, Hoffmann et Heine »

(*Linda Le* Chamisso ou la passion de l'intranquillité, Le Quotidien de Paris, *8 novembre 1989*).

http://www.jose-corti.fr/auteursromantiques/chamisso.html

Chapitre I

Après une traversée facile et néanmoins très éprouvante pour moi, nous arrivâmes enfin à bon port. Aussitôt débarqué, je me chargeai de mon petit bagage et, me frayant un passage à travers la foule grouillante, j'entrai dans la première maison de modeste apparence où je vis pendre une enseigne. J'exprimai le désir de louer une chambre. Le domestique me mesura du regard et m'emmena sous le toit. Je me fis apporter de l'eau fraîche et indiquer avec précision où je pourrais trouver M. Thomas John.

« En sortant par la porte du Nord, la première maison de campagne à droite ; c'est une grande maison neuve en marbre rouge et blanc, ornée de nombreuses colonnes.

— Bien. »

Il était encore tôt. Je déficelai aussitôt mon paquet, en tirai la redingote noire que j'avais récemment fait retourner, me vêtis proprement en choisissant mes meilleurs habits, pris sur moi la lettre de recommandation qui m'avait été remise, et partis voir l'homme qui devait m'aider à réaliser mes modestes espérances. Après avoir gravi la longue rue du Nord et atteint la porte de la ville, je vis les colonnes briller dans la verdure. «C'est donc ici », pensai-je. J'essuyai avec mon mouchoir la poussière sur mes souliers, rajustai ma cravate et tirai la sonnette en me recommandant à la grâce de Dieu. La porte s'ouvrit brusquement. Après un interrogatoire dans le vestibule, le portier me fit annoncer et j'eus l'honneur d'être introduit dans le parc où M. John faisait sa promenade en compagnie de quelques amis. Je reconnus à sa corpulence, qui n'avait d'égale que sa suffisance, l'homme qu'on m'avait décrit. Il me reçut très bien — comme un riche traite un pauvre diable —, se tourna même vers moi, sans pour autant se détourner du reste de la compagnie, et prit la lettre que je lui tendais.

« Ainsi vous venez de la part de mon frère ; il y a long-temps que je n'ai pas entendu parler de lui. Il est en bonne santé, j'espère ?... C'est là, continua-t-il en s'adressant à ses amis, sans attendre ma réponse et en se servant de ma lettre pour désigner une colline, c'est là que je fais construire le nouveau bâtiment. »

Il rompit le cachet, sans interrompre la conversation qui portait sur la richesse.

« Celui qui ne possède pas au moins un million, déclara-t-il péremptoirement, celui-là, passez-moi le mot, n'est qu'un coquin !

— Ah ! comme c'est vrai ! » m'écriai-je avec une totale et débordante ferveur.

Cette sortie dut lui plaire, car il me sourit et dit :

« Restez, cher ami, j'aurai peut-être le temps plus tard de vous dire ce que je pense de ceci », dit-il en me montrant la lettre, qu'il glissa aussitôt dans sa poche. Et il revint à ses amis. Il offrit le bras à une dame, d'autres messieurs s'em-pressèrent auprès des autres jolies femmes ; chacun trouva celle qui lui convenait, et l'on se dirigea processionnellement vers la colline où fleurissaient les roses.

Je suivais à distance, peu soucieux de m'imposer, car per-sonne ne s'occupait plus de moi. La compagnie était fort en train, on s'amusait à des riens, on plaisantait, et si parfois l'on parlait sérieusement de choses frivoles, on bavardait plus souvent à la légère de choses sérieuses ; on se moquait surtout des amis absents et de tout ce qui les concernait. J'étais trop étranger à tout cela pour comprendre et surtout trop préoccupé et trop replié sur moi-même pour prendre goût à pareilles devinettes.

Nous avions atteint la roseraie. La belle Fanny — qui paraissait être la reine du jour — décida, par caprice, de briser elle-même une branche en fleur ; elle se blessa à une épine ; un peu de sang pourpre, comme jailli des rosés aux teintes sombres, coula sur sa jolie main. Cet événement mit tout le monde en émoi. On se mit en quête de taffetas d'Angleterre. Un homme silencieux, élégant, maigre, élancé, assez âgé, qui se tenait à l'écart, et que je n'avais pas encore remarqué, mit aussitôt la main dans une poche bien ajustée de son habit de taffetas gris, coupé à l'ancienne mode, en tira un petit portefeuille, l'ouvrit et tendit à la dame, avec un salut respectueux, l'objet réclamé. Elle le reçut sans remarquer celui qui le donnait et sans même le remercier ; quand la blessure fut bandée, on continua à gravir la colline, au sommet de laquelle on voulait jouir du vaste panorama qui, par-delà le vert labyrinthe formé par le parc, s'étendait jusqu'à l'immense océan.

Le coup d'œil était réellement splendide. Un point lumineux apparaissait à l'horizon entre le flot sombre et le ciel bleu.

« Qu'on m'apporte une lunette ! » cria John, et avant même que la valetaille accourue à cet appel se fût mise en mouvement, l'homme gris, saluant avec modestie, avait plongé la main dans la poche de son habit, en avait tiré une belle lunette de Dollond[1], et l'avait remise à M. John. Celui-ci, la portant aussitôt à son œil, informa la compagnie qu'il s'agissait du vaisseau qui avait quitté la rade la veille, et que des vents contraires

---

[1] John Dollond (1706-1761) a inventé la longue-vue qui porte son nom.

retenaient en vue du port. La lunette passa de main en main, sans revenir dans celles de son propriétaire ; quant à moi, je regardais l'homme avec ébahissement, ne comprenant pas comment ce gros instrument était sorti d'une poche aussi minuscule ; ce détail ne semblait avoir frappé personne et l'on ne se souciait pas plus de l'homme gris que de moi-même.

On servit des rafraîchissements et les fruits les plus rares de toutes les parties du monde dans les récipients les plus précieux, M. John faisait les honneurs avec aisance et distinction, et m'adressa la parole pour la seconde fois :

«Mangez donc, vous n'avez pas eu de fruits quand vous étiez en mer. »

Je m'inclinai, mais il ne s'en aperçut pas car il parlait déjà à quelqu'un d'autre.

On se serait volontiers installé sur le gazon, au flanc de la colline, pour contempler le paysage, si l'on n'avait craint l'humidité du sol. Un des convives déclara que c'eût été une joie divine d'étendre ici des tapis turcs, si l'on en avait eu. On n'avait pas plutôt exprimé ce désir que déjà l'homme à l'habit gris portait la main à sa poche et, avec son air de modestie, d'humilité même, en tirait un riche tapis turc battu d'or. Les domestiques en prirent possession comme si la chose allait de soi, et le déployèrent à l'endroit choisi. La compagnie y prit place sans façons ; quant à moi, stupéfait, je considérai une fois de plus l'homme, la poche, le tapis qui mesurait plus de vingt pieds de long sur dix de large, et je me frottai les yeux, ne sachant que penser de ce sortilège, d'autant que personne ne manifestait le moindre étonnement.

J'aurais bien voulu obtenir quelques éclaircissements sur ce personnage, mais je ne savais à qui m'adresser ; j'étais encore plus intimidé par ceux qui servaient les maîtres que par les maîtres qui se laissaient servir. Enfin, je repris courage et m'approchai d'un jeune homme qui me parut moins impressionnant que les autres et qui était souvent demeuré à l'écart. Je le priai tout bas de me dire qui était cet homme si prévenant, qui se tenait là, avec son habit gris.

« Sans doute voulez-vous dire celui qui ressemble à un brin de fil échappé à l'aiguille d'un tailleur ?

– Oui, celui qui est seul.

– Je ne le connais pas », me répondit-il, et, apparemment peu désireux de prolonger la conversation, il se détourna et se mit à bavarder de la pluie et du beau temps avec un autre invité.

Le soleil commençait à briller avec ardeur et à incommoder les dames ; la belle Fanny, avec sa nonchalance et son étourderie habituelles, demanda à l'homme gris, que personne, à ma connaissance, n'avait encore interpellé, si d'aventure il n'avait pas aussi une tente sur lui. Il lui répondit par une profonde inclination, comme si on lui avait fait un honneur immérité, et déjà il portait la main à sa poche, d'où je le vis tirer des étoffes, des piquets, des cordes, des ferrements, en un mot tout ce qu'il faut pour dresser la tente la plus magnifique. Les jeunes messieurs aidèrent à la dresser ; elle couvrait toute l'étendue du tapis — et personne n'y trouva rien d'extraordinaire.

Depuis un certain temps déjà, j'étais assez peu rassuré et même franchement inquiet ; quelle ne fut pas ma surprise quand, au vœu suivant, je le vis tirer encore de sa poche trois chevaux de selle, je dis bien trois beaux grands chevaux noirs avec leur selle et leur harnais ! Pense donc, au nom du ciel, trois chevaux sellés sortant de cette même poche, d'où étaient sortis déjà un portefeuille, une longue-vue, un tapis broché de vingt pieds de long sur dix de large et une tente de mêmes dimensions avec tous les piquets et tous les ferrements nécessaires ! Si je ne t'assurais pas avoir vu ce spectacle de mes propres yeux, tu ne le croirais certainement pas.

Malgré l'humble contenance de cet homme pâle et le peu d'attention que les autres lui accordaient, je ne pouvais le quitter des yeux et il en vint à m'inspirer une terreur bientôt insupportable.

Je résolus de me dérober, ce qui me parut facile eu égard à mon rôle insignifiant. Je voulais retourner à la ville, tenter ma chance le lendemain auprès de M. John et, si j'en trouvais le courage, le questionner sur l'étrange homme gris. Ah, si j'avais pu réussir à m'échapper.

Je m'étais déjà glissé sans encombre à travers la roseraie et, descendant la colline, je me trouvais sur une pelouse découverte de toutes parts, quand, par crainte d'être surpris hors des allées et foulant l'herbe, je jetai autour de moi un regard investigateur. Quelle ne fut pas mon épouvante quand je vis l'homme à l'habit gris, qui m'avait suivi et maintenant s'avançait vers moi. Il ôta son chapeau et s'inclina plus profondément que personne ne l'avait jamais fait devant moi. Il voulait évidemment me parler et je ne pouvais me dérober sans grossièreté. Je soulevai également mon chapeau, le saluai à mon tour et restai nu-tête en plein soleil, comme si j'avais pris racine. Je le regardais fixement, malgré ma frayeur, comme un oiseau ensorcelé par un serpent. Lui-même paraissait très mal à l'aise ; il ne leva pas les yeux, s'inclina à plusieurs reprises, s'approcha et me parla d'une voix basse et mal assurée, à peu près sur le ton qu'aurait adopté un mendiant.

« Que monsieur veuille bien excuser mon indiscrétion et me pardonner si j'ose l'aborder alors qu'il ne me connaît pas ; j'ai une prière à lui adresser. Qu'il daigne me permettre...

— Mais au nom du ciel, monsieur, éclatai-je malgré ma frayeur, que puis-je faire pour un homme qui... ? »

Nous demeurâmes court tous deux, et j'ai bien l'impression que nous nous mîmes à rougir.

Il reprit la parole après un instant de silence :

«Pendant le temps assez bref où j'ai eu le bonheur de me trouver près de vous, j'ai pu contempler — permettez-moi de vous le dire — avec une indicible admiration l'ombre si belle que vous projetez au soleil, avec une sorte de noble nonchalance, comme si vous n'y faisiez pas attention — oui, cette ombre superbe, que je vois à vos pieds. Vous pardonnerez, j'espère, une proposition pour le moins téméraire. Ne seriez-vous pas disposé à me céder cette ombre ? »

Il se tut, et j'eus l'impression qu'un claquet de moulin me tournait dans la tête. Quel accueil faire à une offre aussi singulière ? Je me dis qu'il devait être fou, et, enchaînant sur un ton en rapport avec l'humilité du sien, je lui répondis :

« Allons, mon brave, votre ombre à vous ne vous suffit-elle pas ? Vous me proposez un marché d'un genre tout à fait spécial. »

Il dit aussitôt :

« J'ai dans ma poche quelques objets qui pourraient bien ne pas paraître sans valeur à monsieur ; le prix fort me semble encore bien faible pour cette ombre inestimable. »

Je me sentis glacé d'épouvante au souvenir de la poche et me demandai comment j'avais pu l'appeler « mon brave ». Je repris la parole et essayai tant bien que mal de réparer ma maladresse en me montrant extrêmement poli.

« Monsieur, veuillez pardonner à votre serviteur très dévoué. Je ne saisis sans doute pas très bien votre intention ; comment pourrais-je donc... ? »

Il m'interrompit :

« Je sollicite seulement l'autorisation de ramasser cette ombre de grande valeur et de la mettre dans ma poche ; quant à la manière dont je m'y prendrai, c'est mon affaire. En contrepartie, et pour témoigner ma gratitude à monsieur, je lui laisse le choix entre tous les trésors que j'ai dans ma poche : l'herbe magique de Glaucus, la mandragore, les cinq sous du Juif errant, l'écu voleur, la nappe du page de Roland, le diable dans la bouteille, le tout au prix qui vous conviendra ; ou plutôt, non, car cela ne vous intéresse sans doute pas : le chapeau magique de Fortunatus, remis à neuf récemment, et soigneusement rajeuni ; et aussi une bourse magique, comme la sienne[2].

— La bourse de Fortunatus ! » m'écriai-je ; malgré ma terreur, ce seul mot avait suffi pour me fasciner. Je chancelai et crus voir briller devant mes yeux les doubles ducats.

« Que monsieur me fasse la grâce d'examiner cette bourse et de l'essayer. »

———————————

[2] L'herbe magique de Glaucus ouvre toutes les portes, même verrouillées; la mandragore permet de trouver les trésors cachés; le Juif errant a toujours cinq sous dans sa poche, qui se renouvellent dès qu'il les a dépensés; l'écu voleur revient toujours dans la poche de son maître avec les pièces d'or qu'il a touchées; la nappe du page de Roland se couvre de tous les plats que son possesseur désire; le diable dans la bouteille revient toujours dans la poche de son propriétaire et lui porte chance, mais il faut le revendre (moins cher qu'on ne l'a payé) sous peine d'aller en enfer; Fortunatus avait une bourse inépuisable et un chapeau enchanté qui le transportait où il voulait.

Il mit la main dans sa poche et en tira, par deux forts cordons de cuir, une bourse de gros maroquin assez grande, solidement cousue, qu'il me remit. J'y plongeai la main et en tirai dix pièces d'or, puis dix autres de plus, puis dix autres encore ; je lui tendis la main sans plus attendre :

«Tope là ! marché conclu ; je vous donne mon ombre en échange de la bourse. »

Il frappa dans la main que je lui tendais, s'agenouilla devant moi sur-le-champ, et je le vis peu à peu, avec une dextérité digne d'admiration, détacher mon ombre du gazon ; il la souleva, la roula, la plia et enfin la mit dans sa poche. Il se releva, me salua une fois de plus, puis revint vers le bosquet de rosés. J'eus alors l'impression qu'il riait sous cape. Mais je tenais solidement la bourse par les cordons. Autour de moi, la terre était tout ensoleillée, et je n'avais pas encore retrouvé mon équilibre.

Chapitre II

Je repris enfin mes esprits et me hâtai de quitter ce lieu où j'espérais ne plus rien avoir à faire. Sans plus attendre, je remplis mes poches d'or, puis nouai solidement les cordons de la bourse autour de mon cou et la dissimulai contre ma poitrine. Je quittai le parc sans attirer l'attention, arrivai sur la grand-route et pris la direction de la ville. Plongé dans mes pensées, j'approchais de la porte, quand j'entendis crier derrière moi :

« Jeune homme ! hé ! jeune homme ! mais écoutez donc ! »

Je me retournai : une vieille criait après moi :

« Faites attention, monsieur, vous avez perdu votre ombre.

— Merci, petite mère ! »

Je lui jetai une pièce d'or pour la remercier du renseignement, qui partait d'une bonne intention, et poursuivis ma route en marchant sous les arbres.

Arrivé à la porte, il me fallut écouter la sentinelle s'écrier à son tour :

« Où monsieur a-t-il laissé son ombre ? »

Quelques femmes prirent le relais :

« Jésus-Marie ! le pauvre homme n'a pas d'ombre ! »

Ces jérémiades commençaient à m'importuner, et j'évitai soigneusement de marcher au soleil. Mais ce n'était pas possible partout, notamment dans la Grand'rue, que j'allais devoir traverser et, pour mon malheur, à l'instant même où les garçons sortaient de l'école. Un maudit garnement, un bossu, je le vois encore, remarqua aussitôt que je n'avais pas d'ombre. Il me signala à grands cris à tous les écoliers et gamins du faubourg, qui se mirent aussitôt à me conspuer et à me traîner dans la boue :

« Les gens qui se respectent ont l'habitude d'emmener leur ombre avec eux quand ils vont au soleil. »

Pour m'en débarrasser, je leur jetai de l'or par poignées et sautai dans un fiacre que des âmes charitables me procurèrent.

Dès que je fus seul dans la voiture, je me mis à pleurer amèrement. Je commençais à pressentir que si, en ce bas monde, l'or l'emporte sur le mérite et la vertu, l'ombre est encore plus appréciée que l'or lui-même ; moi qui avais toujours sacrifié la richesse à ma conscience, voici que je venais de livrer mon ombre pour de l'or ; que pouvait-il, que devait-il advenir de moi ici-bas ?

J'étais encore tout effaré quand la voiture fit halte devant mon ancienne auberge ; je pris peur à l'idée de retourner dans la mauvaise mansarde qu'on m'avait donnée. J'envoyai chercher mes hardes, pris possession avec mépris du pauvre paquet, jetai quelques pièces d'or au domestique et donnai l'ordre d'arrêter la voiture devant l'hôtel le plus distingué de la ville. La maison était exposée au nord ; je n'avais donc pas à craindre le soleil. Je renvoyai le cocher en le comblant d'or, me fis montrer d'emblée les meilleures chambres sur la façade et m'y enfermai dès que je pus.

Que penses-tu que je fis alors ? Oh ! mon cher Chamisso, je rougis d'en faire l'aveu, même à toi. Je tirai de ma chemise la bourse de malheur et, avec une sorte de rage qui, comme l'incendie, se nourrissait de ses propres flammes, j'en tirai de l'or, de l'or, de l'or, toujours plus d'or. Je le répandais sur le plancher, je marchais dessus en le faisait résonner sous mes pas. J'essayais de consoler mon pauvre cœur avec l'éclat de l'or et le tintement des pièces et je déversais toujours plus de métal, jusqu'au moment où je tombai de fatigue sur cette couche luxueuse, où je me vautrai avec volupté. La journée passa, puis le soir. Je n'ouvris pas ma porte ; la nuit me trouva étendu sur mon or, et c'est là aussi que je succombai au sommeil.

Je me mis alors à rêver de toi ; j'avais l'impression d'être derrière la porte vitrée de ta petite chambre et de te voir à ta table de travail, installé entre un squelette et une botte de plantes séchées. Sur la table étaient ouverts des ouvrages de Haller[3], de Humboldt[4] et Linné[5] ; sur le divan traînaient un volume de Goethe et l'Anneau magique[6]. Mes regards allaient de toi aux objets, puis de nouveau à toi ; mais tu ne bougeais pas, tu ne respirais pas, tu étais mort.

Je m'éveillai. Il semblait être encore très tôt. Ma montre était arrêtée. J'étais recru de fatigue, et de plus j'avais faim et soif ; je n'avais rien mangé depuis la veille au matin. Je repoussai avec dépit et lassitude cet or dont j'avais peu de temps avant rassasié mon cœur insensé ; maintenant j'étais inquiet et ne savais qu'en faire. Impossible de le laisser là ; j'essayai donc de le réintroduire dans la bourse. Cela n'allait pas. Aucune de mes fenêtres n'avait vue sur la mer. Je dus me résoudre à le traîner, à grand-peine et au prix de sueurs amères, jusqu'à une grande ar-

---

3 Albrecht von Haller (1708-1777), anatomiste et botaniste suisse.

4 Alexander von Humboldt (1796-1851), explorateur et naturaliste allemand.

5 Karl von Linné (1707-1778), naturaliste suédois.

6 Livre de La Motte-Fouqué (1812).

moire, installée dans un cabinet voisin, et à l'y emmagasiner. Je n'en laissai que quelques poignées. Ce travail terminé, je me laissai tomber dans un fauteuil, épuisé, et attendis que quelqu'un se mît à bouger dans la maison. Dès que ce fut possible, je me fis apporter à manger et envoyai chercher l'hôte.

Je convins avec cet homme de l'ordonnancement futur de ma maison. Il recommanda, pour tout ce qui concernait le service immédiat de ma personne, un certain Bendel[7], dont la physionomie loyale et intelligente fit aussitôt ma conquête. C'est ce même Bendel qui, par son attachement, m'a consolé des misères de l'existence et m'a aidé à supporter mon triste sort. Je passai toute la journée dans mes appartements, en compagnie de valets sans maître, de bottiers, de tailleurs et de marchands ; j'organisai ma vie et achetai surtout une grande quantité d'objets précieux et de pierreries, dans le seul but de me débarrasser d'une partie au moins de l'or qui s'accumulait chez moi. Mais il ne semblait pas que le tas pût diminuer.

Quand je réfléchissais à ma situation, j'étais tourmenté par les hésitations les plus cruelles. Je n'osais faire un pas au-delà de ma porte ; le soir, je faisais allumer quarante bougies dans mon salon avant de sortir de l'obscurité. Je gardais un souvenir horrifié du terrible éclat provoqué par les écoliers. Alors, je décidai, quoi qu'il m'en coûtât, de vérifier encore une fois l'état de l'opinion. Il faisait clair de lune. Tard dans la soirée, je me drapai dans un grand manteau, enfonçai mon chapeau sur mes yeux et quittai la maison furtivement, tremblant comme un criminel. J'attendis d'être arrivé sur une place éloignée pour quitter l'ombre des maisons, qui m'avait servi d'abri pendant tout le chemin, et m'avancer à la lumière de la lune, résigné à évaluer mon sort aux commentaires des passants.

---

7 Chamisso eut une ordonnance de ce nom quand il fit dans l'armée prussienne la campagne de 1806 contre Napoléon.

Excuse-moi, cher ami, si je ne te raconte pas tout ce que je dus subir : ce serait trop douloureux. Les femmes laissaient voir fréquemment la profonde commisération que je leur inspirais ; leur pitié ne me perçait pas moins le cœur que les sarcasmes des jeunes gens et le mépris hautain des hommes, de ceux surtout qui, gros et ventrus, projetaient une ombre généreuse. Je vis une belle et gracieuse jeune fille en compagnie de ses parents, qui par précaution ne regardaient qu'à leurs pieds ; elle tourna par hasard vers moi son lumineux regard et fut saisie d'effroi. Elle cacha son beau visage sous son voile, baissa la tête et passa en silence.

Je n'y tenais plus. Mes yeux ruisselaient de larmes amères et, le cœur ulcéré, je me retirai en vacillant dans l'obscurité. Je dus m'appuyer aux maisons pour assurer mes pas et, marchant lentement, je regagnai tardivement mon logis.

Je ne pus dormir de la nuit. Le jour suivant, mon premier souci fut de faire chercher partout l'homme à l'habit gris. Je réussirais peut-être à le retrouver ; quel bonheur ce serait si lui aussi regrettait le marché boiteux que nous avions fait ! Je fis venir Bendel, qui ne paraissait pas dépourvu d'habileté et de savoir-faire ; je lui dépeignis exactement l'homme, détenteur du trésor dont j'étais privé pour mon éternel malheur. Je lui dis quand et où je l'avais vu, lui décrivis toutes les personnes présentes et ajoutai encore qu'il devrait s'informer d'une lunette de Dollond, d'un tapis turc battu d'or, d'une tente magnifique et enfin de chevaux de selle noirs. Toutes choses dont l'histoire — je n'ai pas précisé comment — était en étroit rapport avec l'homme mystérieux, apparemment passé inaperçu, et dont l'apparition m'avait privé du repos et du bonheur de ma vie.

Quand je fus arrivé au bout de mes explications, j'allai prendre de l'or, autant que je pus en porter ; j'y ajoutai des pierreries et des bijoux pour une valeur bien plus considérable encore. « Bendel, dis-je, voici qui aplanit bien des obstacles et qui facilite bien des entreprises qui paraissaient irréalisables. N'en sois pas plus chiche que je ne le suis ; va et fais le bonheur de ton maître, en lui ramenant les nouvelles dont dépendent ses derniers espoirs. »

Il partit. Il revint tard, tout triste. Il avait parlé aux gens de M. John et même aux invités, et nul n'avait gardé le moindre souvenir de l'homme à l'habit gris. La nouvelle lunette était là et personne ne savait d'où elle venait ; le tapis, la tente étaient là, déployés et dressés sur la colline ; les domestiques vantaient la richesse de leur maître, mais nul ne pouvait dire d'où lui venaient ces nouveaux objets de prix. Lui-même y prenait grand plaisir et ne se souciait nullement de savoir d'où il les tenait ; quant aux chevaux, les jeunes gens qui les avaient montés les gardaient dans leurs écuries, et ils louaient la générosité de M. John, qui les leur avait donnés ce jour-là. C'est du moins ce qui résultait du récit détaillé de Bendel, dont le zèle, la célérité, l'intelligence et l'habileté méritaient, malgré leurs maigres résultats, les éloges que je lui décernai. D'un air chagrin, je lui fis signe de me laisser seul.

« J'ai, reprit-il, fait rapport à mon maître sur l'affaire qui lui tenait à cœur. Il me reste à accomplir une commission que m'a confiée ce matin de bonne heure quelqu'un que j'ai rencontré à la porte, au moment où je m'apprêtais à partir pour cette affaire que j'ai si mal réussie. Voici mot pour mot ce que m'a dit l'homme : « Dites à M. Peter Schlemihl qu'il ne me verra plus ici, car je pars au-delà des mers et un vent favorable m'appelle à l'instant au port. Mais dans un an et un jour, j'aurai l'honneur de lui rendre visite et de lui proposer alors une autre affaire, qui lui paraîtra peut-être plus acceptable. Présentez-lui mes salutations très respectueuses et assurez-le de ma gratitude ! » Je lui ai demandé qui il était, mais il m'a dit que vous le connaissiez.

— De quoi avait-il l'air ? » m'écriai-je, pressentant la réponse.

Et Bendel me décrivit trait pour trait l'homme à l'habit gris. Cette description était conforme à celle qu'au cours de son récit, il m'avait faite de l'homme dont il s'était informé.

« Malheureux ! m'écriai-je en me tordant les mains, mais c'était lui-même ! »

C'était comme si des écailles lui tombaient des yeux.

« Oui, c'était lui, lui-même ! s'écria-t-il avec terreur, et moi, j'étais aveugle et stupide, et je ne l'ai pas reconnu ; je ne l'ai pas reconnu et j'ai trahi mon maître ! »

Il pleurait à chaudes larmes. Puis, il se répandit contre lui-même en reproches amers et son désespoir était tel que j'eus pitié de lui. Je lui prodiguai des paroles consolantes, l'assurai de ma confiance et l'envoyai aussitôt au port pour tenter de suivre, si possible, les traces de l'homme étrange qui m'avait berné. Mais le matin même, de nombreux vaisseaux, retenus au port par des vents contraires, avaient appareillé vers des pays nouveaux et d'autres rivages ; et l'homme gris avait disparu comme une ombre, sans laisser la moindre trace.

Chapitre III

A quoi bon avoir des ailes, si l'on est solidement rivé à des chaînes de fer ? Le désespoir n'est pas moins grand, et la situation est plus tragique encore. J'étais là, comme Fafner[8] près de son trésor. J'étais privé des paroles apaisantes que des hommes auraient pu m'adresser ; j'étais misérable malgré mon or ; je ne le désirais plus, je le maudissais, cet or qui me coupait de tout contact humain. Comme je gardais pour moi seul mon fatal secret, je redoutais le moindre de mes domestiques, que j'étais cependant obligé d'envier, car lui au moins avait une ombre ; il pouvait se montrer au soleil. Je me consumais de tristesse jour et nuit, tout seul dans mes appartements, et le chagrin me rongeait le cœur.

Un autre aussi se laissait accabler par le chagrin sous mes yeux ; mon fidèle Bendel ne cessait de se torturer par de muets reproches, prétendant avoir démérité de son bon maître parce qu'il n'avait pas reconnu l'homme qu'il était chargé de retrouver et auquel, pensait-il, était dû mon malheur. Mais moi, je ne lui faisais aucun reproche ; car cet événement extraordinaire confirmait la nature fantastique de mon acheteur inconnu.

Décidé à tout tenter, j'envoyai un jour Bendel, avec une précieuse bague de brillants, chez le peintre le plus célèbre de la ville, avec une invitation à venir me voir. Il vint ; j'éloignai mes gens, verrouillai la porte, me campai près de lui et, après avoir fait l'éloge de son talent, j'en vins au fait, le cœur serré. Je lui fis d'abord jurer solennellement le secret le plus total.

---

[8] Nom du dragon qui, dans la mythologie germanique, garde le trésor des Nibelungen.

« Maître, continuai-je, pourriez-vous peindre une ombre postiche à un homme qui a perdu la sienne le plus fâcheusement du monde ?

— Vous voulez dire une ombre portée ?

— C'est ce que je veux dire.

— Mais, continua-t-il, par quelle maladresse, quelle négligence cet homme a-t-il pu perdre son ombre ?

— Il importe peu maintenant, rétorquai-je, de savoir comment c'est arrivé ; qu'il vous suffise d'apprendre (je mentis effrontément) que lors d'un voyage en Russie l'hiver dernier, son ombre, par un froid extraordinaire, gela si complètement qu'elle resta rivée au sol et qu'il ne put la détacher.

— Tout ce que je pourrais lui peindre, répartit le maître, c'est une ombre telle qu'il la perdrait au moindre mouvement, surtout si c'est un homme qui tenait fort peu à l'ombre avec laquelle il était né, comme le suggère votre récit ; que celui qui n'a pas d'ombre n'aille pas au soleil, c'est la solution la plus raisonnable et la plus sûre. »

Il se leva et partit tout en me jetant un regard perçant que le mien ne put supporter. Je me laissai tomber dans un fauteuil et me cachai le visage dans les mains.

Lorsque Bendel entra, il me trouva encore dans cette position. Voyant la douleur de son maître, il voulut se retirer respectueusement, sans faire de bruit Je levai les yeux ; mon chagrin m'était trop pénible. J'avais besoin de m'en ouvrir à quelqu'un.

«Bendel, criai-je, Bendel ! toi qui seul vois et respectes mes tourments, toi qui, sans en pénétrer le secret, les partage en silence, comme un saint homme, viens près de moi, Bendel, et sois mon meilleur ami, celui qui sait tout sur moi. Je ne t'ai pas dissimulé mes trésors, je ne veux pas te dissimuler la tristesse qui m'accable... Bendel, ne m'abandonne pas. Bendel, tu me vois riche, généreux, bienveillant ; tu pourrais t'imaginer que le monde a tout lieu de m'honorer, et tu me vois fuir le monde et m'enfermer chez moi. Bendel, le monde a rendu sa sentence ; il m'a repoussé, et toi aussi peut-être tu te détourneras de moi, quand tu auras appris mon terrible secret : Bendel, je suis riche, généreux, bienveillant, mais — ô Dieu ! — je n'ai pas d'ombre !

« Bendel, ajoutai-je en tremblant quelques instants plus tard, maintenant que j'ai mis ma confiance en toi, tu peux me trahir. Va et témoigne contre moi. »

Un dur combat paraissait se livrer en lui. A la fin il se jeta à mes pieds et saisit ma main sur laquelle je sentis couler ses larmes.

« Non, s'écria-t-il, quoi qu'en pense le monde, je ne peux ni ne veux abandonner mon bon maître pour une histoire d'ombre ; j'agirai honnêtement sinon habilement ; je resterai près de vous, je vous prêterai mon ombre, je vous aiderai quand je pourrai, et quand je ne pourrai pas, je mêlerai mes larmes aux vôtres. »

Je lui sautai au cou, stupéfait de rencontrer un sentiment comme le sien ; lui au moins n'agissait pas ainsi pour de l'or.

Depuis lors, mon destin et mon genre de vie se modifièrent un peu. Je ne saurais dire tous les soins que prenait Bendel pour cacher mon infirmité. Partout il était devant moi, avec moi ; il prévoyait tout, agissait en conséquence et, lorsqu'un danger inattendu se présentait, il me recouvrait vite de son ombre, car il était plus grand et plus fort que moi. Je me risquai à nouveau parmi les hommes, et commençai de jouer un rôle dans le monde. Je dus, bien entendu, affecter certaines originalités et certains caprices. Mais ces choses-là vont aux riches, et aussi longtemps que la vérité resta cachée, je jouis de tout le respect, de toute la considération auxquels mon or me donnait droit. J'attendais plus calmement la visite que le mystérieux inconnu m'avait promise dans un an et un jour.

Je sentais bien que je ne devais pas m'attarder dans une ville où l'on m'avait déjà vu sans ombre et où l'on pourrait aisément me trahir ; je pensais aussi (et j'étais peut-être le seul) à la manière dont je m'étais présenté chez M. John, et c'était pour moi un souvenir gênant ; je ne voulais donc faire qu'une sorte de répétition générale, afin de pouvoir jouer ailleurs mon rôle avec plus de facilité et d'assurance. Mais la vanité me retint quelque temps : c'est chez l'homme le défaut où l'ancre s'accroche le plus sûrement.

En effet, la belle Fanny, que je rencontrai chez un tiers, me témoigna quelque attention, oubliant qu'elle m'avait déjà vu : car tout le monde maintenant me reconnaissait de l'intelligence et de l'esprit. Quand je parlais, chacun prêtait l'oreille et je ne savais pas moi-même où j'avais appris l'art de mener si rondement une conversation. Croyant avoir impressionné la belle, j'en fus tout assotté comme elle le désirait et la suivis désormais à grand-peine, dans l'ombre, au crépuscule, partout où je pouvais me risquer. Je mettais tout mon orgueil à la rendre orgueilleuse de moi, et ne parvenais pas, malgré ma bonne volonté, à inoculer à mon cœur l'ivresse qui s'était emparée de mon cerveau.

Mais à quoi bon te répéter dans le détail une histoire si commune ? Toi-même m'as assez souvent raconté la même, jouée par des personnes parfaitement honorables. A la vieille pièce trop connue, où je m'étais chargé de si bon gré d'un rôle usé jusqu'à la corde, s'ajouta une catastrophe toute personnelle, à laquelle ni moi, ni elle, ni personne ne s'attendait.

Par une belle soirée où, selon ma nouvelle habitude, j'avais réuni des invités dans un jardin illuminé, je me promenais au bras de ma maîtresse et m'ingéniais à lui tenir des propos galants. Elle baissait pudiquement les yeux et répondait doucement à la pression de ma main ; mais tout à coup la lune surgit inopinément des nuages — et Fanny ne vit devant elle que son ombre à *elle*. Elle fut saisie de frayeur, me regarda éperdue, puis se retourna vers le sol, espérant y découvrir mon ombre ; et ce qui se passait en elle se lisait si bien sur son visage que je me serais mis à rire à gorge déployée si je n'avais senti un frisson glacé me parcourir le dos.

Je retirai mon bras, la laissai choir inanimée, passai comme une flèche au milieu des invités abasourdis, gagnai la porte, me jetai dans la première voiture que je trouvai là arrêtée, et repartis à la ville où, pour mon malheur, j'avais laissé cette fois-là le prudent Bendel. Il s'affola à ma vue ; un mot lui révéla tout. On chercha sur-le-champ des chevaux de poste. Je n'emmenai qu'un seul serviteur, un fieffé coquin, du nom de Rascal[9], qui avait réussi à se rendre indispensable par son habileté. Nous avons parcouru cette nuit-là trente milles. Bendel restait pour liquider ma maison, distribuer de l'or et m'apporter les objets les plus nécessaires.

Quand il me rattrapa le lendemain, je me jetai dans ses bras et lui jurai, non de ne plus commettre de sottises, mais d'être dorénavant plus prudent. Nous poursuivîmes notre voyage sans nous arrêter, passâmes la frontière et gravîmes une chaîne de montagnes ; sur l'autre versant, me sentant séparé de cette terre de malheur par un bastion suffisamment élevé, je me laissai convaincre de me reposer de mes épreuves dans une ville d'eaux proche et peu fréquentée.

---

[9] Mot anglais signifiant canaille, fripon, mauvais sujet.

Chapitre IV

Dans la suite de mon récit, je vais passer rapidement sur une époque à laquelle je m'arrêterais, Dieu sait avec quel plaisir, si je pouvais en évoquer le souvenir et en retrouver l'esprit. Mais la clarté qui l'illuminait, et qui seule pourrait l'illuminer encore, s'est éteinte en moi, et quand j'essaie de retrouver au fond de moi-même les peines, le bonheur et les douces illusions qu'elle faisait naître avec tant de force, je frappe en pure perte un rocher d'où ne jailliront plus d'eaux vives[10] ; le Dieu qui m'inspirait m'a abandonné. Comme il m'apparaît différent aujourd'hui, ce passé ! Dans cette ville d'eaux, je m'apprêtais à jouer un rôle héroïque ; comme je connais mal mon texte et que je suis novice, j'oublie mes répliques, je tombe subitement amoureux d'une paire d'yeux bleus. Les parents, abusés sur mon compte par les premières scènes de la pièce, font tout pour conclure le marché rapidement, et cette farce vulgaire se termine sur une scène d'insultes. Et c'est tout, tout !... Cet épisode me paraît naïf et désuet, mais je suis effrayé de me le représenter de la sorte, alors qu'il m'emplissait le cœur de tant de richesse et de force. Mina, je pleure de ne plus te retrouver en moi telle que je te pleurais alors, lorsque je t'ai perdue. Suis-je donc devenu si vieux ? O sécheresse de la raison ! Qu'on m'accorde seulement une autre pulsation de ce cycle temporel, un moment de cette vie illusoire — mais non ! seul sur le vaste désert de tes flots amers j'ai vu depuis longtemps jaillir de la dernière coupe le champagne de l'année de la comète.

---

[10] Allusion à un passage de la Bible où Moïse, frappant un rocher de son bâton, en fait jaillir une source où les Hébreux perdus dans le désert peuvent se désaltérer (Nombres, xx, 11).

J'avais dépêché Bendel avec quelques sacs d'or pour m'installer, dans la petite ville, un logement conforme à mes besoins. Il avait dépensé beaucoup d'argent et avait parlé assez vaguement de l'étranger de qualité dont il était le serviteur, car je ne voulais pas être nommé. Cela donna à penser à ces bonnes gens. Dès que ma maison fut prête à me recevoir, Bendel vint me chercher. Nous nous mîmes en route.

A une heure environ du but, dans une plaine ensoleillée, une foule en habits de fête nous barrait la route. La voiture s'arrêta. On entendait de la musique, des cloches, des coups de canon ; un vivat retentissant ébranla l'air. Devant la portière de la voiture se rangea, en vêtements blancs, un chœur de jeunes filles d'une rare beauté, et pourtant éclipsées par l'une d'entre elles, comme les astres de la nuit pâlissent devant le soleil. Elle se détacha de ses compagnes ; la svelte et délicate créature s'agenouilla devant moi, toute rougissante, et me tendit, sur un coussin de soie, une couronne de laurier, d'olivier et de roses, murmurant quelques paroles où il était question de majesté, de vénération et d'amour. Je ne compris pas son discours, mais la magie de sa voix cristalline me ravit l'oreille et le cœur : il me sembla que cette céleste apparition était déjà passée près de moi. Le chœur entonna un hymne à la louange d'un bon roi et célébra le bonheur de son peuple.

Quelle scène, mon ami, en plein soleil ! Elle se tenait à genoux à deux pas de moi, et moi, dépourvu d'ombre, je ne pouvais franchir l'abîme, tomber à genoux à mon tour devant cet ange. Oh ! que n'aurais-je donné pour avoir une ombre ! Je dus cacher ma honte, ma détresse, mon désespoir, en me renfonçant dans la voiture. Bendel imagina enfin un expédient : il sauta du carrosse par l'autre portière ; je pus le rappeler et tirer de la cassette à portée de ma main une riche couronne de diamants, primitivement destinée à parer la belle Fanny. Il s'avança et prit la parole au nom de son maître qui, disait-il, ne pouvait ni ne voulait accepter de tels hommages ; il devait y avoir une erreur, ajouta-t-il, mais son maître remerciait néanmoins les bons bourgeois de la ville pour leur courtoisie. Il prit la couronne sur le coussin et déposa le diadème de brillants à la place ; puis il tendit respectueusement la main à la belle jeune fille pour l'aider à se relever et, d'un geste, congédia le clergé, la magistrature et toutes les députations. La foule reçut l'ordre de se disperser et de livrer passage aux chevaux ; il se hissa d'un bond dans la voiture, et nous voilà partis à bride abattue, sous un arc de triomphe fait de feuilles et de fleurs, vers la petite ville. Le canon ne cessait de tirer des salves. La voiture s'arrêta devant mon logis ; je me précipitai adroitement vers la porte, écartant la foule venue pour me voir. La population m'acclamait sous ma fenêtre, et je fis pleuvoir sur elle des doubles ducats. Le soir, la ville fut illuminée spontanément.

Je ne savais toujours pas pour qui l'on me prenait. J'envoyai Rascal aux nouvelles. On lui raconta qu'on avait reçu des informations sûres ; que le bon roi de Prusse voyageait dans le pays en se faisant passer pour comte ; que mon aide de camp avait été reconnu, qu'il nous avait trahis l'un et l'autre, qu'enfin la joie était générale, depuis que la ville était sûre de n'héberger moi-même. On se rendait bien compte, puisqu'apparemment je voulais garder le plus strict incognito, à quel point l'on avait eu tort de lever le voile avec tant d'insistance. Mais je m'étais mis en colère avec tant de bienveillance et de bonne grâce ! Je pardonnerais sûrement, compte tenu des bonnes intentions de mes hôtes.

Mon coquin trouva la plaisanterie si énorme qu'il fit tout son possible, par le mécontentement qu'il afficha dans ses discours, pour confirmer quelque temps les bonnes gens dans leur méprise. Il me fit un rapport très drôle, et comme il voyait que j'y prenais plaisir, il me révéla lui-même le mauvais tour qu'il venait de jouer. Dois-je l'avouer ? J'étais flatté d'être pris pour le vénéré souverain, fût-ce par erreur.

J'ordonnai de préparer pour le lendemain soir, sous les arbres qui ombrageaient la place devant ma maison, une fête à laquelle je conviai toute la ville. La vertu secrète de ma bourse, les efforts de Bendel, l'habileté et le talent inventif de Rascal réussirent à triompher même du délai trop court. Ce fut un spectacle réellement stupéfiant que la richesse et la beauté de cette fête organisée en quelques heures. Le luxe était tel, l'éclairage si savamment distribué, que j'étais tout à fait rassuré. Je n'eus à me préoccuper de rien, sinon de prodiguer des éloges à mes serviteurs.

Le soir tombait. Les invités parurent et me furent présentés. Il ne fut plus question de majesté, mais on m'appelait « monsieur le comte » avec un respect sincère et une profonde humilité. Que faire ? Je me laissai traiter de comte, et dès lors je fus pour tous le comte Peter. Au milieu des tourbillons de la fête, mon âme n'aspirait qu'à une seule personne. Elle arriva assez tard, elle, l'ornement de la cérémonie, parée de la couronne. Elle suivait sagement ses parents et ne semblait pas savoir qu'elle était la plus belle. On me présenta M. l'Inspecteur des Forêts, sa femme et sa fille. Je sus dire aux parents des paroles agréables et obligeantes mais je restai devant la fille comme un enfant grondé, incapable de balbutier un mot. Finalement je la priai, en balbutiant, d'honorer cette fête de sa présence et d'y jouer le rôle réservé à l'emblème qu'elle portait. Toute honteuse, elle me jeta un regard suppliant pour me prier de l'épargner ; mais j'étais plus intimidé qu'elle et je lui présentai mes hommages avec un profond respect, comme si j'étais le premier de ses sujets. Le geste du comte fut reçu comme un ordre auquel chacun s'empressa d'obéir. La majesté, l'innocence et la grâce, alliées à la beauté, dominèrent cette joyeuse fête. Les heureux parents de Mina croyaient qu'on avait élevé leur enfant à ce haut rang pour leur faire honneur ; moi-même j'éprouvais un enthousiasme indescriptible. Je fis placer tout ce qui restait des bijoux achetés naguère pour me défaire d'un or encombrant, toutes les perles, toutes les pierres précieuses, sur deux plateaux, et je fis tout distribuer à table, au nom de la reine, à ses compagnes et à toutes les dames ; entre-temps, par-dessus les barrières dressées, on ne cessait de jeter de l'or au peuple, qui poussait des cris d'allégresse.

Le lendemain matin, Bendel me révéla en toute confiance que ses vieux soupçons sur la probité de Rascal s'étaient transformés en certitudes. Il avait soustrait la veille des sacs pleins d'or. « Accordons au pauvre diable, répliquai-je, ce petit butin ; je donne volontiers à tous, pourquoi ne ferais-je pas de même avec lui ? Hier, il m'a bien servi, comme tous les nouveaux domestiques que tu as recrutés ; ils m'ont aidé joyeusement à donner une joyeuse fête. »

Il n'en fut plus question. Rascal resta le premier de mes domestiques, mais Bendel était mon ami et mon confident. Habitué à trouver mes richesses inépuisables, il n'essayait pas d'en connaître l'origine ; il m'aidait plutôt, comme je le désirais, à faire naître des occasions de les mettre en évidence et de les dépenser. Je lui avais parlé de l'inconnu, mais uniquement pour lui dire que seul cet homme retors et sournois pouvait me délivrer de la malédiction qui pesait sur moi, et que je le redoutais alors qu'il était mon unique espoir. D'ailleurs j'étais persuadé qu'il pourrait me retrouver partout, moi qui étais incapable de le retrouver nulle part ; c'est pourquoi, en attendant le jour fixé, j'avais abandonné mes vaines recherches.

La magnificence de ma fête et le rôle que j'y jouai confirmèrent les crédules habitants de la ville dans leur idée préconçue. Bientôt cependant des journaux continuèrent que le fabuleux voyage du roi de Prusse n'avait été, en tous points, qu'un bruit sans fondement. Mais, pour eux, j'étais roi, il fallait coûte que coûte le rester. Et puis, n'étais-je pas l'un des rois les plus riches et les plus royaux qui eussent jamais été ? Mais on ne savait pas très bien de quoi j'étais roi. Le monde n'a jamais eu à se plaindre de manquer de monarques, et moins encore de nos jours qu'en d'autres temps ; les bonnes gens, qui n'en avaient encore jamais vu de leurs propres yeux, m'attribuaient tour à tour, mais avec un égal bonheur, tel ou tel royaume ; moyennant quoi le comte Peter restait toujours le même.

Un jour parut chez les baigneurs un commerçant qui avait fait faillite pour mieux s'enrichir. Il jouissait de la considération générale et projetait une ombre large, quoiqu'un peu pâle. Il voulait faire étalage, en cette ville, de la fortune qu'il avait amassée, et songea même à rivaliser avec moi. J'eus recours à ma bourse et réduisis bientôt le pauvre diable à une situation si catastrophique que, pour sauver les apparences, il dut refaire faillite et fuir au-delà des montagnes. J'étais débarrassé de lui. J'ai fait dans cette région bien des vauriens et des fainéants !

Malgré le luxe royal et la prodigalité grâce auxquels je dominais tout, je vivais chez moi d'une façon simple et retirée. J'observais la plus grande prudence : nul autre que Bendel, sous aucun prétexte, ne devait pénétrer dans la chambre que j'habitais. Aussi longtemps que brillait le soleil, je m'y tenais enfermé avec lui, et l'on assurait que le comte travaillait dans son cabinet. On rapprochait ces travaux des nombreux courriers que j'expédiais et recevais sous les plus petits prétextes. Les visites n'avaient lieu que le soir, sous mes arbres ou dans mon salon, adroitement et luxueusement illuminé sur les indications de Bendel. Quand je sortais — sous la vigilante surveillance de Bendel — c'était dans le seul but de me rendre au jardin de l'inspecteur des forêts, et pour la voir, elle, l'Unique, car mon amour était le souci le plus intime de ma vie.

Bon Chamisso ! j'espère que tu n'as pas encore oublié ce que c'est que l'amour ! Tu auras beaucoup à faire pour compléter ce récit Mina était réellement une aimable, une bonne et pieuse jeune fille. J'étais l'unique personnage de ses rêveries ; elle ne savait pas, dans son humilité, ce qui lui avait valu mon attention exclusive, et me rendait l'amour pour l'amour, avec toute sa fougue juvénile. Elle aimait comme les femmes, en faisant le don total d'elle-même ; elle s'oubliait, se dévouait, ne pensait qu'à celui qui était sa vie sans se demander si elle courait elle-même à sa perte ; en un mot, elle aimait vraiment.

Quant à moi, quelles heures terribles — terribles ! et que pourtant j'aimerais bien retrouver — j'ai passées souvent à pleurer sur l'épaule de Bendel, quand, après les premiers instants d'ivresse et d'inconscience, je me mis à réfléchir, à me sonder sans complaisance, moi qui, dépourvu d'ombre, poussais la ruse et l'égoïsme jusqu'à provoquer cette âme si pure ! Tantôt j'étais décidé à me trahir et à tout lui révéler ; tantôt je faisais vœu, avec des serments solennels, de m'arracher à elle et de m'enfuir ; tantôt je fondais en larmes et convenais avec Bendel des moyens qui me permettraient de la retrouver le soir au jardin de l'inspecteur des forêts.

A d'autres moments, je me débitais des mensonges, fondais de grands espoirs sur la visite prochaine de l'inconnu en gris ; je me remettais à pleurer quand je ne parvenais plus à y croire. J'attendais le jour où, d'après mes calculs, je reverrais mon redoutable ennemi ; il avait dit qu'il reviendrait dans un délai d'un an et un jour, et j'ajoutais foi à sa parole.

Les parents étaient de bonnes gens, honorables et déjà âgés, qui aimaient beaucoup leur unique enfant ; ils furent fort surpris quand ils apprirent ce qui s'était passé et ne surent que faire. Ils n'avaient pu concevoir, au début, que le comte Peter pût penser à leur enfant ; et voilà qu'il l'aimait de tout son cœur et était payé de retour. La mère était assez vaniteuse pour envisager une alliance et y travailler ; mais le solide bon sens du père n'admettait pas des illusions aussi extravagantes. Tous deux étaient convaincus de la pureté de mon amour. Ils ne pouvaient que prier pour leur enfant.

Voici une lettre qui m'est tombée sous la main et qui date de cette époque. C'est l'écriture de Mina ! Je vais te la recopier.

« Je ne suis qu'une faible et sotte fille, et me suis imaginé que l'homme que j'aime de tout mon cœur ne pourrait faire du mal à la pauvre fille que je suis. Ah ! tu es si bon, si inexprimablement bon ! Mais n'interprète pas défavorablement mes paroles. Tu ne dois rien me sacrifier, tu ne dois rien vouloir me sacrifier : ô Dieu ! je pourrais me haïr si tu agissais ainsi. Non. Tu m'as rendue infiniment heureuse, tu m'as appris à t'aimer. Pars ! Je connais bien mon destin ; le comte Peter ne m'appartient pas, il appartient au monde. Je veux être fière quand j'entendrai dire : il a été ceci, et encore cela, et il fait telle chose ; ici on l'a adoré, là on l'a porté aux nues. Vois-tu, quand j'y pense, je me fâche de te voir oublier, auprès d'une enfant naïve, tes hautes destinées. Pars, sinon j'en souffrirai, moi qui par toi suis si heureuse, si radieuse. N'ai-je pas entrelacé à ta vie une branche d'olivier et un bouton de rose, comme dans la couronne que tu m'as permis de t'offrir ? Tu es dans mon cœur, mon amour, ne crains pas de me quitter, — je mourrai si heureuse, oh ! si inexprimablement heureuse grâce à toi. »

Je te laisse à penser combien ces mots purent me percer le cœur. Je lui déclarai que je n'étais pas celui qu'on paraissait croire, que je n'étais qu'un homme riche, mais infiniment misérable. Une malédiction pesait sur moi, mais devait rester notre commun secret, parce que j'espérais encore en être délivré. Je m'empoisonnais l'existence à force de me dire que je risquais de l'entraîner avec moi dans l'abîme, elle qui était l'unique lumière, l'unique bonheur, la source même de ma vie. Elle pleura alors, une fois de plus, de me voir malheureux. Ah ! elle était si tendre, si bonne ! Pour racheter une de mes larmes, elle se serait totalement sacrifiée elle-même, et avec quelle joie !

Elle était d'ailleurs bien loin d'interpréter mes paroles dans leur vrai sens ; elle voyait maintenant en moi un prince frappé par un terrible anathème, un souverain important et vénéré, et son imagination lui dépeignait l'homme qu'elle aimait sous des couleurs brillantes et dans les situations les plus glorieuses.

Un jour je lui dis :

« Mina, le dernier jour du mois prochain peut bouleverser mon sort et décider de ma vie ; si je me trompe, il faut que je meure, car je ne veux pas te rendre malheureuse. »

Fondant en larmes, elle cacha son visage contre ma poitrine :

« Si ton sort change, que je te sache au moins heureux ! Je n'ai pas de droits sur toi. Si tu dois être malheureux, fais-moi partager ton malheur, et je t'aiderai à le supporter.

— Petite fille, petite fille, dépêche-toi de revenir sur cette parole trop prompte, cette parole malheureuse qui vient de sortir de ta bouche. Le connais-tu, ce malheur, la connais-tu, cette malédiction ? Sais-tu qui est ton bien-aimé... ce que... ? Ne me vois-tu pas trembler convulsivement quand je pense au secret que je te dissimule ? » Elle se mit à pleurer, tomba à genoux et répéta sa prière qu'elle venait de me faire, jurant de remplir sa promesse.

Je déclarai à l'inspecteur des forêts, qui venait d'entrer, que mon intention était de lui demander la main de sa fille le premier jour du mois suivant — date que j'avais choisie, dis-je, parce que d'ici là devaient se produire des événements qui peut-être influenceraient mon sort. Seul mon amour pour sa fille était immuable.

Le brave homme perdit son sang-froid lorsqu'il entendit ces mots de la bouche du comte Peter. Il me sauta au cou, puis rougit de s'être laissé aller à son émotion. Alors il lui vint à l'esprit d'hésiter, de peser le pour et le contre et de poser des questions ; il parla de dot, de sécurité, d'avenir pour sa chère enfant. Je le remerciai de m'y faire songer. Je lui dis que je désirais me fixer dans cette région, où j'avais été bien reçu, et que je comptais y mener une vie exempte de soucis. Je le priai d'acheter au nom de sa fille les plus belles terres qui se pussent trouver aux alentours et de mettre la dépense à mon compte. En pareils cas, un père était le plus qualifié pour rendre service au prétendant de sa fille. Il dut se donner beaucoup de mal, car partout un étranger l'avait précédé ; aussi ne put-il acheter que pour un million environ.

Si je l'occupais ainsi, c'était au fond par supercherie, pour l'éloigner ; j'avais déjà employé des ruses analogues avec lui, car je dois avouer qu'il était un peu gênant. Par contre, la brave maman était un peu sourde et ne mettait pas, comme lui, son point d'honneur à faire la conversation à M. le comte.

La mère se joignit à nous, les heureux parents me pressèrent de prolonger la soirée ; je ne pouvais rester une minute de plus : déjà la lune se levait à l'horizon. Mon temps était passé.

Le lendemain soir, je retournai dans le jardin de l'inspecteur des forêts. Je m'étais enveloppé dans mon manteau et j'avais rabattu mon chapeau sur mes yeux ; je m'avançai vers Mina ; quand elle leva les yeux et me vit, elle tressaillit et fit un mouvement involontaire. Et tout à coup je revis, parfaitement nette, l'image qui m'était apparue lors de cette nuit sinistre où je m'étais montré sans ombre au clair de lune. C'était bien elle. Mais m'avait-elle aussi reconnu cette fois-ci ? Elle était silencieuse et toute songeuse ; j'étais accablé. Je me levai de mon siège. Elle se jeta dans mes bras en pleurant doucement. Je m'éloignai.

Dès lors, je la trouvai souvent en larmes ; mon humeur devenait de plus en plus sombre — seuls les parents nageaient dans un bonheur total ; le jour fatal approchait, angoissant et menaçant comme une nuée d'orage. La veille survint — à peine pouvais-je encore respirer. J'avais par précaution empli d'or quelques caisses, et j'attendis minuit sans dormir. L'heure fatidique sonna.

Maintenant j'étais assis là, l'œil fixé sur les aiguilles de la pendule, et je comptais les secondes, les minutes, comme autant de coups de poignard. A chaque bruit, à chaque mouvement, je sursautais. Le jour se leva. Les heures se succédaient, lourdes comme du plomb ; midi vint, puis le soir, puis la nuit ; à mesure que les aiguilles avançaient, l'espoir devenait plus ténu : onze heures sonnèrent et rien ne parut ; les dernières minutes de la dernière heure s'écoulèrent et rien ne parut ; on entendit sonner le premier coup, puis le dernier coup de minuit ; je me laissai retomber sur mon lit ; j'étais désespéré, je pleurais toutes les larmes de mon corps. Privé d'ombre pour toujours, je devais, le jour suivant, demander la main de ma bien-aimée ; vers le matin, un sommeil pesant me ferma les yeux.

Chapitre V

Le soleil se levait à peine quand je fus éveillé par des éclats de voix : mon antichambre était le théâtre d'une bruyante altercation. Je prêtai l'oreille : Bendel défendait ma porte ; Rascal jurait ses grands dieux qu'il n'accepterait pas d'ordres de son égal et voulait pénétrer dans ma chambre. Le brave Bendel l'avertissait sur un ton de reproche que, si de tels propos arrivaient à mes oreilles, son insolence pourrait lui coûter une place avantageuse. Rascal menaçait de porter la main sur lui s'il prétendait plus longtemps lui barrer le passage.

A moitié habillé, j'ouvris la porte avec un geste de colère et je me précipitai sur Rascal :

« Que veux-tu, coquin ? »

Il recula de deux pas et me répondit avec un parfait sang-froid :

« Vous prier très respectueusement, monsieur le comte, de me faire voir votre ombre : le soleil brille justement de tout son éclat dans la cour. »

Je demeurai comme foudroyé. Il me fallut longtemps pour retrouver la parole :

« Comment un valet peut-il, devant son maître... ? »

Il m'interrompit sans se troubler le moins du monde :

« Un valet peut être parfaitement honnête et refuser de servir un homme sans ombre. Je vous demande mon congé. »

Il fallait baisser le ton :

« Mais, Rascal, mon bon Rascal, qui t'a donné une idée pareille ? Comment peux-tu supposer ?... »

Il continua sur le même ton :

« Il y a des gens qui disent que vous n'avez pas d'ombre ; bref, vous me montrez votre ombre ou vous me donnez mon congé. »

Bendel, pâle et tremblant, mais plus réfléchi que moi, me fit signe ; j'eus recours à l'or, qui endort tous les scrupules. Mais l'or lui-même avait perdu tout pouvoir. Rascal le jeta à mes pieds :

« Je n'accepte rien d'un homme sans ombre. »

Il me tourna le dos et quitta la chambre lentement, le chapeau sur la tête et en sifflotant un air à la mode. Je restai pétrifié en compagnie de Bendel, suivant Rascal des yeux. Je ne pouvais ni penser, ni songer.

Puis je poussai un profond soupir et, la mort dans l'âme, je me mis en route pour me dégager de ma parole et comparaître dans le jardin de l'inspecteur des forêts, comme un criminel devant ses juges. Je descendis de cheval dans le bosquet ombragé auquel on avait donné mon nom et où ils devaient m'attendre cette fois encore. La mère, insouciante et gaie, vint à ma rencontre. Mina était assise, pâle et belle comme la première neige qui, à l'automne, vient parfois effleurer les dernières fleurs et fond aussitôt en donnant une eau amère. L'inspecteur des forêts, qui tenait à la main une feuille recouverte d'écritures, marchait de long en large à grands pas et paraissait réprimer avec peine des sentiments pourtant bien visibles sur son visage qui, d'ordinaire impassible, pâlissait et rougissait tour à tour. Il s'avança vers moi quand j'entrai et, s'interrompant à plusieurs reprises, dit qu'il voulait me parler seul à seul. Il m'invita à le suivre dans une allée qui menait à une partie découverte et ensoleillée du jardin ; je me laissai choir sans mot dire sur un siège, et il se fit un long silence, que la brave maman elle-même n'osa rompre.

L'inspecteur des forêts continua d'arpenter le bosquet d'un pas impétueux et inégal, puis s'arrêta subitement devant moi, jeta un coup d'œil sur le papier qu'il tenait et me demanda, en me lançant un regard inquisiteur :

« Se pourrait-il, monsieur le comte, qu'un certain Peter Schlemihl ne vous fût pas totalement inconnu ? »

Je ne répondis pas.

« Un homme au caractère supérieur, aux dons remarquables... »

Il attendait une réponse.

« Et si j'étais moi-même cet homme-là ?

— Un homme, ajouta-t-il avec violence, qui a perdu son ombre !

— Oh ! tout ce que je redoutais, tout ce que je redoutais ! s'écria Mina, oui, je le sais depuis longtemps, il n'a pas d'ombre ! »

Et elle se jeta dans les bras de sa mère qui, effrayée, la serra convulsivement contre elle, et lui reprocha d'avoir, pour leur malheur à tous, enfermé dans son cœur un tel secret. Mina était, comme Aréthuse[11], changée en une source de larmes qui grossissait au son de ma voix et se mettait à bouillonner impétueusement à mon approche.

« Et vous n'avez pas eu, reprit l'inspecteur sur un ton courroucé, la moindre hésitation à tromper cette enfant et moi-même, avec une impudence sans précédent ? Et vous prétendez l'aimer, alors que vous l'avez réduite si bas ? Voyez comme elle pleure et se tord les mains. Oh ! quel malheur, quel malheur ! »

J'avais si bien perdu mon sang-froid que je me mis à tenir des propos insensés. J'osai prétendre qu'après tout ce n'était qu'une ombre, rien qu'une ombre, qu'on pouvait s'en passer et que ce n'était pas la peine de faire tant d'histoires. Mais je sentais si bien l'insignifiance de mes paroles que je m'arrêtai de moi-même, sans qu'il m'eût fait l'honneur d'une réponse. J'ajoutai seulement qu'on pouvait retrouver ce qu'on avait perdu.

Il était en colère et me lança brusquement :

« Mais avouez-moi, monsieur, avouez-moi donc comment vous avez perdu votre ombre ? »

Je dus mentir une fois de plus :

« Un jour, un lourdaud marcha dessus avec une rudesse toute flamande et m'y fit un grand trou ; je l'ai donnée à réparer, car l'or arrange bien des choses ; et on devait me la rapporter hier.

---

[11] Dans la mythologie grecque, Aréthuse était une Néréide, c'est-à-dire une nymphe de la mer; poursuivie par le dieu-fleuve Alphée, elle fut changée en fontaine par Artémis, sa maîtresse, et put ainsi échapper aux avances de son soupirant.

— Bien, monsieur, très bien ! répliqua l'inspecteur des forêts, vous demandez, ma fille en mariage, d'autres font de même ; mon devoir de père m'oblige à me soucier d'elle ; je vous donne un délai de trois jours pour chercher une ombre ; dans trois jours, présentez-vous à moi avec une ombre qui vous aille bien, et vous serez le bienvenu ; mais le quatrième jour — écoutez bien ce que je vous dis — ma fille sera la femme d'un autre. »

Je voulus encore adresser un mot à Mina ; mais, redoublant de sanglots, elle se serra plus fort contre sa mère et celle-ci, sans mot dire, me fit signe de m'éloigner. Je partis en vacillant ; j'avais l'impression que le monde se fermait derrière moi. Échappant à l'affectueuse surveillance de Bendel, je traversai en une course folle les bois et les plaines. Une sueur d'angoisse coulait de mon front, de sourds gémissements montaient de ma gorge, la folie s'emparait de moi...

Je ne sais depuis combien de temps je courais quand, sur une bruyère ensoleillée, je me sentis tirer par la manche. Je m'arrêtai, me retournai... C'était l'homme à l'habit gris, qui paraissait avoir couru à perdre haleine pour me rattraper. Il prit aussitôt la parole :

« Je m'étais annoncé pour aujourd'hui, vous n'avez pas eu la patience d'attendre le moment fixé. Mais tout peut encore s'arranger : acceptez mon conseil, votre ombre est encore à votre disposition, et aussitôt vous revenez sur vos pas. Vous serez le bienvenu dans le jardin de l'inspecteur des forêts, et tout cela n'aura été qu'une plaisanterie ; quant à Rascal, qui vous a trahi et demande la main de votre fiancée, je me charge de lui et la chose est pratiquement réglée. »

J'avais la sensation de vivre un rêve :

« Vous vous étiez annoncé pour aujourd'hui ? »

Je me concentrai : il avait raison, je m'étais trompé d'un jour dans mes calculs. Je portai la main droite à ma poitrine pour chercher ma bourse : il devina ce que j'allais faire et recula de deux pas.

« Non, monsieur le comte, elle est en bonnes mains, gardez-la. »

Je le fixai d'un œil hagard, à la fois stupéfait et interrogateur ; il poursuivit :

« Pour ma part, je ne demande qu'une bagatelle en souvenir : ayez la bonté de me signer ce billet. »

Le parchemin portait ces mots :

« En vertu de cette signature, je lègue mon âme au porteur de la présente, après la séparation naturelle de mon âme et, de mon corps. »

Avec une stupéfaction muette, je considérais tour à tour le billet et l'inconnu en gris. Entre-temps, il avait recueilli, au bout d'une plume nouvellement taillée, une goutte de sang qui coulait d'une blessure causée par des épines et me présentait la plume.

« Qui êtes-vous donc ? lui demandai-je finalement.

— Qu'est-ce que cela peut faire ? répliqua-t-il, et d'ailleurs ne suffit-il pas de me regarder pour le voir ? Un pauvre diable, une espèce de savant et de physicien qui ne reçoit que de modestes remerciements de ses amis pour les services que ses remarquables talents lui permettent de leur rendre, et qui n'a d'autre amusement ici-bas que ses petites expériences, — mais signez donc. A droite, là en bas : Peter Schlemihl. »

Je secouai la tête et dis :

« Pardonnez-moi, monsieur, mais je ne signe pas ce document.

— Vous refusez ? dit-il étonné, et pourquoi ?

— C'est qu'il me paraît quelque peu dangereux de donner mon âme pour mon ombre !

— Tiens, tiens, rétorqua-t-il, c'est un marché délicat ! »

Et il éclata bruyamment de rire.

« Puis-je vous demander ce que c'est que votre âme ? L'avez-vous jamais vue, et que comptez-vous en faire quand vous serez mort ? Vous devriez vous estimer heureux de trouver un amateur qui, de votre vivant, accepte de vous acheter cet x, cette force galvanique, ce courant polarisant ou que sais-je encore ? contre quelque chose de bien réel : votre ombre elle-même, qui vous permettra d'obtenir la main de votre bien-aimée et de réaliser tous vos vœux. Allez-vous vous-même jeter la pauvre enfant dans les bras de cet infâme coquin de Rascal, la lui livrer pieds et poings liés ? Non, il faut que vous voyiez ce spectacle de vos propres yeux ; venez, je vous prête mon bonnet magique (il tira quelque chose de sa poche) et nous allons nous rendre, sans être vus, dans le jardin de l'inspecteur des forêts. »

J'avoue que j'éprouvais une grande honte à subir les railleries de cet homme. Je le haïssais du fond du cœur, et je crois que cette aversion personnelle, plus encore que mes principes ou mes préjugés, m'empêcha de racheter mon ombre, malgré le besoin que j'en avais, au prix de la signature réclamée. Il m'était tout aussi intolérable de penser que j'allais entreprendre, en sa compagnie, l'expédition à laquelle il me conviait. Ce qu'il y avait de plus intime en moi se révoltait de voir ce personnage rampeur et haïssable, ce gnome ricaneur, se glisser avec ses persiflages entre ma bien-aimée et moi, entre nos deux cœurs déchirés et sanglants. Je résolus de considérer le passé comme irrévocable et ma chute comme fatale, et, me tournant vers lui, je lui dis :

« Monsieur, je vous ai vendu mon ombre pour cette bourse qui en soi présente des avantages incontestables, et je m'en suis assez repenti. Ce marché peut-il être annulé, au nom de Dieu ? »

Il secoua négativement la tête avec une fort vilaine grimace. Je poursuivis :

« Dans ce cas, je ne vous vendrai plus rien de ce qui m'appartient, même au prix de mon ombre, ainsi que vous me l'offrez, et je ne signe donc rien. Il en résulte aussi que le travestissement auquel vous me conviez serait incomparablement plus divertissant pour vous que pour moi ; veuillez donc m'excuser et, puisqu'il n'y a rien d'autre à faire... séparons-nous !

— Je regrette, monsieur Schlemihl, que vous refusiez avec tant d'opiniâtreté l'affaire que je vous proposais en toute amitié. Peut-être serai-je plus heureux une autre fois. A bientôt ! A propos, permettez-moi donc de vous montrer que je ne laisse pas à l'abandon les choses que j'achète, mais que je les conserve avec soin et que je les ménage bien. »

Il tira aussitôt mon ombre de sa poche, et, la déployant d'un geste adroit sur la lande, retendit à ses pieds du côté du soleil, en sorte qu'il eut deux ombres, la mienne et la sienne, qui, toutes deux, étaient à son service, car la mienne devait lui obéir, elle aussi, et devait se soumettre et se conformer à tous ses mouvements.

Le moment tant attendu était venu : je revoyais ma pauvre ombre, assujettie à un esclavage indigne, au moment même où à cause d'elle j'étais dans une détresse indicible ! Alors mon cœur se brisa et je pleurai amèrement. L'odieux personnage faisait parade de l'ombre dérobée, et il eut l'impudence de renouveler sa proposition :

« Elle est encore à vous ; un trait de plume et vous sauvez la pauvre Mina des griffes du coquin, pour l'amener dans les bras du comte vénéré. Je vous l'ai dit, un trait de plume suffit. »

Mes larmes redoublèrent, mais je me détournai et lui fis signe de s'éloigner.

C'est alors que survint Bendel qui, très inquiet, avait suivi mes traces jusque-là. Quand ce fidèle entre les fidèles me trouva en larmes et vit mon ombre — on ne pouvait s'y tromper — au pouvoir de l'étrange inconnu en gris, il résolut aussitôt de me rendre mon bien, même de force, et comme, il n'était guère diplomate, il prit aussitôt l'homme à partie et, sans autre préambule, lui enjoignit de me restituer sur-le-champ ce qui m'appartenait. Celui-ci, pour toute réponse, tourna le dos au brave garçon et s'éloigna. Mais Bendel leva son gourdin et, emboîtant le pas à l'homme en gris, lui fit sentir sans ménagement, tout en répétant ses paroles, toute la vigueur de son bras noueux. L'autre, comme s'il était habitué à un pareil traitement, baissa la tête, courba les épaules et, sans rien dire, continua sa route d'un pas paisible à travers la lande, m'enlevant à la fois mon ombre et mon fidèle serviteur. J'entendis encore longtemps le bruit sourd résonner à travers la solitude, jusqu'à ce qu'il se perdît dans le lointain. Comme autrefois, j'étais seul avec mon malheur.

Chapitre VI

Abandonné sur la lande déserte, je me sentis accablé par un fardeau sans nom et une insupportable angoisse. Pas de borne, pas d'issue, pas de limite à mon infinie misère ; ivre de rage, je m'abreuvais du poison nouveau que l'inconnu avait versé sur mes blessures. Quand j'invoquai l'image de Mina et que sa douce figure m'apparut pâle et en larmes, telle que je l'avais vue pour la dernière fois, le jour où j'avais subi tant d'outrages, je vis surgir entre elle et moi, impudent et sarcastique, le spectre de Rascal ; je me cachai le visage et pris la fuite, mais l'atroce vision ne me lâchait pas. Elle me poursuivit jusqu'à ce que je tombe sur le sol, haletant, secoué de sanglots entrecoupés.

Tout cela pour une ombre ! Une ombre que j'aurais pu obtenir d'un trait de plume ! Je réfléchissais à la surprenante proposition et à mon refus. Tout en moi était chaos ; je n'avais plus ni jugement, ni esprit.

Le jour s'écoula. J'apaisai ma faim avec des fruits sauvages, étanchai ma soif dans le ruisseau le plus proche ; la nuit tomba, je m'étendis sous un arbre. Le froid du petit matin me tira d'un pesant sommeil, où je m'entendais râler comme si j'agonisais. Bendel devait avoir perdu ma trace, et je me réjouissais à cette pensée. Je ne voulais pas retourner chez les hommes qui m'avaient fait fuir peureusement comme les bêtes sauvages de la montagne. Je vécus ainsi trois jours d'anxiété.

Le matin du quatrième jour me trouva dans une plaine sablonneuse que le soleil éclairait de ses rayons ; j'étais assis sur des débris de rochers, en plein soleil ; j'aimais maintenant jouir de cette vision dont j'avais été longtemps privé. Je savourais tristement le désespoir qui m'avait envahi. Tout à coup, un bruit léger m'arracha à ma rêverie ; prêt à fuir, je jetai un regard autour de moi ; je ne vis personne ; mais sur le sable ensoleillé glissa une ombre humaine qui n'était pas sans ressemblance avec la mienne et qui, cheminant seule, semblait avoir perdu son maître.

Alors s'éveilla en moi un puissant désir. Ombre, pensai-je. cherches-tu ton maître ? Je serai ce maître. Et je m'élançai pour la prendre : si je réussais à marcher avec elle de façon qu'elle fût juste à mes pieds, elle s'y attacherait peut-être et, avec le temps, pourrait s'habituer à moi.

A mon premier mouvement, l'ombre prit la fuite, et je dus entamer une poursuite acharnée : pour rattraper la fugitive à la course légère, l'espoir d'échapper à ma situation galvanisa mes forces. Elle fuyait vers un bois encore éloigné, dans l'ombre duquel j'allais infailliblement la perdre ; dès que je m'en aperçus, l'effroi me traversa le cœur comme un éclair, attisa mon désir, me donna des ailes — je gagnais sur elle, je me rapprochais, j'allais l'atteindre. Elle s'arrêta pile et se retourna vers moi. Comme un lion sur sa proie, je m'élançai d'un bond puissant pour en prendre possession — et, contre toute attente, je me heurtai à un corps résistant et dur. Je reçus alors, sans rien voir, les bourrades les plus inouïes peut-être qu'un homme ait jamais ressenties.

Sous l'effet de la peur, je fermai convulsivement les bras et serrai de toutes mes forces la chose invisible qui se dressait devant moi. Dans ma précipitation, je tombai en avant de tout mon long, entraînant sous moi l'homme que je tenais et qui me devint enfin visible.

Tout l'événement trouvait enfin son explication. L'homme devait avoir le nid d'oiseau invisible, qui rend également invisible celui qui le tient mais non son ombre[12], et apparemment il l'avait ensuite lancé loin de lui. Je promenai les yeux autour de moi, découvris bientôt l'ombre du nid invisible, bondis et ne manquai pas le précieux butin. Je tenais le nid dans mes mains. J'étais invisible et sans ombre.

L'homme se releva promptement et promena ses regards de tous côtés pour voir son vainqueur, n'aperçut dans l'immense plaine ensoleillée ni le vainqueur ni son ombre, qu'il cherchait anxieusement des yeux. Il n'avait pas eu le temps de remarquer et ne pouvait supposer que moi-même je fusse dépourvu d'ombre. Quand il fut convaincu que tout avait disparu sans laisser de trace, il s'abandonna au désespoir et s'arracha les cheveux. Quant à moi, le trésor que j'avais conquis me donnait à la fois le moyen et le désir de me mêler de nouveau aux hommes. Je ne manquais pas de prétextes pour excuser à mes propres yeux mon brigandage indigne, ou plutôt je n'en eus pas besoin, et pour échapper à toute pensée de cette sorte, je m'éloignai en hâte, sans un regard pour le malheureux dont j'entendis longtemps derrière moi les cris d'épouvante. C'est ainsi du moins que m'apparurent alors les circonstances de cet événement.

Je brûlais de retourner au jardin de l'inspecteur et de vérifier ce que m'avait annoncé l'homme que je haïssais tant, mais je ne savais pas où j'étais ; pour examiner les environs, j'escaladai la colline la plus proche ; de son sommet, je vis à mes pieds la petite ville toute proche et le jardin. Mon cœur battit, mes yeux se remplirent de larmes d'un nouveau genre : j'allais la revoir. Un désir impatient et anxieux hâtait mes pas le long du sentier le plus court. Sans être vu, je dépassai quelques paysans qui venaient de la ville. Ils parlaient de moi, de Rascal et de l'inspecteur des forêts ; je ne voulus pas prêter l'oreille et pressai le pas.

_____

[12] L'histoire de ce nid d'oiseau fut racontée au XVIIe siècle par Grimmelshausen.

Tremblant d'impatience, j'entrai dans le jardin ; un rire me frappa les oreilles, je frissonnai, jetai un rapide coup d'œil alentour : personne. Je continuai d'avancer ; j'avais l'impression d'entendre à côté de moi comme un bruit de pas ; mais on ne voyait rien : sans doute mon oreille m'abusait. Il était encore tôt ; il n'y avait personne dans le bosquet du comte Peter ; le jardin était vide ; j'errai dans les allées que je connaissais bien, me risquai vers la maison. Le bruit me suivit, plus distinct. Le cœur serré d'angoisse, je m'assis sur un banc placé au soleil en face de la porte. Il me sembla entendre l'invisible créature s'asseoir près de moi en ricanant.

La clé tourna dans la serrure, la porte s'ouvrit et l'inspecteur des forêts parut, des papiers à la main.

Je sentis comme un brouillard me passer sur la tête, me retournai et, à ma grande terreur, vis l'homme en habit gris assis près de moi, qui me regardait avec un sourire satanique. Il m'avait coiffé de son bonnet magique ; à ses pieds gisaient paisiblement, côte à côte, nos deux ombres, la sienne et la mienne ; il jouait négligemment avec le parchemin et, tandis que l'inspecteur, plongé dans ses papiers, allait et venait à l'ombre du bosquet, il se pencha avec abandon vers mon oreille et chuchota :

« Si vous aviez accepté mon invitation, nous serions également assis ensemble, deux têtes sous un même bonnet. — Fort bien ! Fort bien ! — Mais rendez-moi aussi mon nid d'oiseau ; vous n'en avez plus besoin et vous êtes trop honnête pour refuser de me le restituer ; mais point de remerciement, je vous assure que je vous l'ai prêté de bon cœur. »

Il le prit sans rencontrer la moindre résistance, le fourra dans sa poche et se mit à rire, mais si fort, à vrai dire, que l'inspecteur se retourna. Je restai assis comme pétrifié.

« Vous devez tout de même reconnaître, poursuivit-il, qu'un tel bonnet est beaucoup plus commode. Il ne couvre pas seulement son homme, mais aussi l'ombre qu'il projette, et tout ce qu'il a envie d'emporter avec lui. Voyez, aujourd'hui j'en ai encore deux. »

Il rit de nouveau.

« Mettez-vous bien ceci dans la tête, Schlemihl : ce qu'on ne fait pas de bon gré tout de suite, on finit par le faire contraint et forcé. Suivez mon conseil, rachetez l'objet, reprenez votre fiancée (il est encore temps) et faisons pendre Rascal, ce qui nous sera aisé aussi longtemps qu'il y aura de la corde. Tenez, je vous donne mon bonnet par-dessus le marché. »

La mère sortit, la conversation s'engagea.

« Que fait Mina ?

— Elle pleure.

— Quelle sotte enfant ! On ne peut pourtant rien y changer !

— Sans doute, mais la donner si tôt à un autre... Oh ! cher mari, tu es cruel envers ta propre enfant.

— Non, maman, tu vois cela sous un faux jour. Si elle vient à être la femme d'un homme très riche et honoré, elle n'aura même pas versé toutes ses larmes d'enfant qu'elle sera consolée de son chagrin comme d'un mauvais rêve, et elle remerciera Dieu, elle nous remerciera nous-mêmes, tu verras !

— Dieu t'entende !

— Sans doute possède-t-elle maintenant des biens très appréciables ; mais après l'éclat produit par sa malheureuse histoire avec cet aventurier, crois-tu qu'il se trouvera si tôt un parti aussi convenable que M. Rascal ? Sais-tu quelle fortune il possède, M. Rascal ? Il a pour six millions de terres, ici, dans le pays, quittes et libres de toute hypothèque, payées comptant. J'ai eu les documents entre les mains ! C'est lui qui m'a devancé partout et qui m'a pris sous le nez ce qu'il y avait de meilleur ; il a en outre un portefeuille d'actions valant trois millions et demi dans la maison Thomas John.

— Il doit avoir beaucoup volé.

— En voilà des histoires ! Il a sagement mis de côté quand d'autres gaspillaient.

— Un homme qui a porté la livrée !

— Sottises ! Il a une ombre sans défaut.

— Tu as raison, mais... »

L'homme à l'habit gris se mit à rire et me regarda. La porte s'ouvrit et Mina sortit. Elle s'appuyait au bras d'une femme de chambre ; des larmes silencieuses coulaient sur ses belles joues pâles. Elle s'assit dans un fauteuil qu'on lui avait préparé sous les tilleuls et son père prit une chaise près d'elle. Il lui prit affectueusement la main et se mit à parler à sa fille, dont les pleurs redoublaient :

« Tu es ma bonne, ma chère enfant ; tu te montreras raisonnable ; tu ne feras pas de peine à ton vieux père, qui ne veut que ton bonheur ; je comprends bien, mon cher cœur, que ces événements t'ont ébranlée ; tu as échappé miraculeusement au déshonneur ! Avant que nous ayons découvert son ignoble imposture, tu as beaucoup aimé ce misérable ; vois-tu, Mina, je le sais et je ne t'en fais pas reproche. Moi-même, chère enfant, je l'ai aimé aussi, tant que je l'ai pris pour un grand seigneur. Tu comprends toi-même comme tout est différent maintenant. Quoi ! le moindre caniche a une ombre et ma chère, mon unique enfant, épouserait un homme... Non, d'ailleurs tu ne penses plus du tout à lui. Écoute, Mina : un homme demande ta main, un homme qui ne craint pas le soleil, un homme respecté, qui sans doute n'est pas un prince, mais qui a une fortune de dix millions, dix fois plus que toi, un homme qui rendra ma chère enfant heureuse. Ne me réponds pas, ne résiste pas, sois pour moi une bonne, une obéissante fille, laisse ton père qui t'aime prendre soin de toi et sécher tes larmes. Promets-moi d'accorder ta main à M. Rascal. Dis, veux-tu me le promettre ? »

Elle répondit d'une voix morte :

« Je n'ai désormais plus de volonté, plus de désir sur terre. Qu'il arrive ce que mon père voudra. »

Au même instant on annonça M. Rascal ; il s'avança avec impudence en direction du groupe. Mina s'affaissa. Mon odieux compagnon me lança un regard de colère et me chuchota à l'oreille :

« Comment pouvez-vous supporter ce spectacle ? Qu'avez-vous donc dans les veines à la place du sang ? »

D'un geste brusque, il me fit une légère égratignure à la main ; le sang coula ; il poursuivit :

« En vérité ! Du sang rouge ! Mais signez donc ! »

J'avais le parchemin et la plume dans les mains.

Chapitre VII

Je compte me soumettre à ton jugement, cher Chamisso, et ne chercherai pas à l'influencer. Longtemps je me suis jugé sévèrement, j'ai nourri dans mon cœur un doute lancinant. Pas un instant le souvenir de ce grave moment de ma vie n'a cessé d'être présent à mon esprit, et je ne parvenais à le considérer qu'avec hésitation et humilité. Cher ami, celui qui par légèreté met le pied hors du droit chemin est entraîné sans l'avoir voulu dans de nouvelles voies, qui le font descendre toujours plus bas ; il voit en vain scintiller dans le ciel les étoiles qui montrent la direction à suivre, il n'a plus le choix, il doit malgré lui dévaler la pente et s'immoler lui-même à Némésis[13]. Après le faux pas inconsidéré qui m'avait plongé dans la malédiction que tu sais, je m'étais introduit, coupable par amour, dans la destinée d'un autre être : que me restait-il à faire, moi qui avais semé la ruine, sinon m'élancer à l'aveuglette là où il fallait du secours très vite, et fournir ce secours ? Car la dernière heure sonnait. Mon cher Adalbert, n'aie pas mauvaise opinion de moi ; je ne crois pas que j'aurais discuté un prix quel qu'il fût et que j'eusse été plus avare de tout ce que j'avais que de mon or. Non, Adalbert ; mais j'étais plein d'une haine insurmontable pour ce personnage mystérieux et ondoyant, dont les voies étaient si tortueuses. Peut-être ne lui rendais-je pas justice, mais tout contact avec lui me hérissait. Cette fois-là, comme si souvent déjà dans ma vie et plus généralement dans l'histoire du monde, un événement remplaça une action. Dans la suite, je me suis réconcilié avec moi-même. J'ai appris d'abord à respecter la nécessité, et quel est son domaine, sinon l'action accomplie et l'événement passé ?

---

[13] Déesse grecque de la vengeance, chargée en particulier de veiller à ce que les mortels ne cherchent pas à s'égaler aux dieux.

Par la suite, j'ai appris aussi à voir dans la nécessité un ensemble de dispositions opportunes, qui régissent toute cette vaste mécanique où nous ne sommes que des rouages collaborant à l'œuvre commune par les mouvements qu'ils reçoivent et transmettent. Ce qui doit être arrivera nécessairement ; ce qui devait être est arrivé, et cela en vertu de ce dispositif que j'ai enfin appris à admirer dans ma propre destinée comme dans la destinée de ceux qui ont dépendu de moi.

Je ne sais si je dois attribuer la suite à la tension de mon esprit bouleversé par des sentiments si puissants, à l'épuisement de mes forces physiques causé par les privations inaccoutumées des jours précédents, ou bien enfin au trouble et à l'émoi soulevés dans tout mon être par la proximité du monstre vêtu de gris ; bref, je fus sur le point de signer, je perdis subitement conscience, et je restai longtemps entre les bras de la mort.

Quand je repris connaissance, j'entendis d'abord des trépignements et des jurons ; j'ouvris les yeux, il faisait nuit ; mon odieux compagnon s'occupait de moi en bougonnant.

« Vous vous conduisez en vieille femme ! Relevez-vous et faites vite ce que vous avez décidé, ou peut-être avez-vous pris un autre parti et préférez-vous pleurnicher ? »

Je me soulevai péniblement et regardai sans mot dire. La soirée était déjà avancée ; de la maison de l'inspecteur des forêts, brillamment éclairée, venaient les accords d'une musique de fête ; des groupes isolés parcouraient les allées du jardin. Quelques personnes s'approchèrent en conversant et prirent place sur le banc où je m'étais assis avant de m'évanouir. Elles s'entretenaient de l'union, célébrée ce matin-là, entre le riche M. Rascal et la fille de la maison. Tout était consommé.

D'un geste de la main, j'ôtai le bonnet de l'inconnu, qui disparut aussitôt à mes yeux et, m'enfonçant en silence au plus profond des buissons, je me hâtai de passer par la tonnelle du comte Peter et de gagner la porte du jardin. Mais mon persécuteur invisible me faisait encore escorte et me lançait des brocards.

« Voilà toute sa gratitude pour la peine que j'ai prise de le soigner pendant une journée entière, ce monsieur dont les nerfs sont faibles ! Et il faudrait que je sois le dindon de la farce ! Soit, monsieur la mauvaise tête, fuyez-moi, nous n'en sommes pas moins inséparables. Vous avez mon or et j'ai votre ombre ; nous n'aurons tous deux aucun repos. A-t-on jamais entendu dire qu'une ombre ait renoncé à son maître ? La vôtre m'obligera à vous suivre jusqu'à ce qu'elle rentre dans vos bonnes grâces et que j'en sois débarrassé. Ce que vous n'avez pas voulu faire de plein gré, vous le ferez contraint et forcé, mais en retard, par lassitude et par ennui ; on n'échappe pas à sa destinée. »

Il ne cessait de parler sur ce ton ; je m'enfuyais vainement, il ne renonçait pas et, toujours présent, me parlait d'or et d'ombre en ricanant. Je n'arrivais plus à penser par moi-même.

En suivant des rues désertes, j'avais pris le chemin de ma maison. Quand j'arrivai, j'eus peine à la reconnaître ; derrière les fenêtres brisées, aucune lumière ne brillait. Les portes étaient fermées ; à l'intérieur, aucun signe de domesticité. L'inconnu près de moi éclata d'un rire bruyant :

« Oui, oui, c'est ainsi ! Mais vous allez retrouver votre Bendel chez vous ; il y a peu de temps, on a eu la prévoyance de le renvoyer si fatigué qu'il aura été obligé de garder la chambre. »

Il se remit à rire.

« Quelles histoires il va pouvoir vous raconter ! Allons, c'est assez pour aujourd'hui ; bonne nuit, nous nous reverrons sous peu. »

J'avais sonné à plusieurs reprises ; une lumière parut ;
Bendel, de l'intérieur, demanda qui avait sonné. Quand le brave
garçon reconnut ma voix, il put à peine contenir sa joie ; la porte
s'ouvrit d'un seul coup, nous nous embrassâmes en pleurant. Je
le trouvai très changé, faible et malade ; quant à moi, mes cheveux étaient devenus tout gris.

Il me conduisit, à travers les chambres désertes, jusqu'à
une pièce épargnée ; il alla chercher de quoi manger et boire ;
nous nous assîmes, et il recommença à exprimer sa peine. Il me
raconta qu'il avait rossé d'importance l'homme maigre habillé
de gris qui détenait mon ombre, et l'avait suivi très loin ; qu'il
avait perdu ma trace et s'était abattu de fatigue ; qu'ensuite, ne
pouvant me retrouver, il était revenu à la maison que la foule,
excitée par Rascal, avait bientôt prise d'assaut, brisant les fenêtres et assouvissant sa soif de destruction. C'est ainsi qu'elle
avait traité son bienfaiteur. Mes gens s'étaient égaillés. La police
m'avait expulsé de la ville et m'avait fixé un délai de vingt-
quatre heures pour quitter le territoire. Bendel fut en mesure
d'ajouter bien des détails à ce que je savais déjà de Rascal. Ce
vaurien, dont venait tout mon malheur, devait avoir connu mon
secret dès l'origine ; il ne semblait qu'attiré par mon or, il avait
su se frayer un chemin jusqu'à moi et s'était procuré tout de
suite une clé de l'armoire où l'or était enfermé ; il avait alors jeté
les fondements de sa fortune, désormais suffisante pour qu'il
cesse de l'augmenter.

Après ce récit, Bendel me dit la joie qu'il avait de me revoir
et d'être avec moi ; il s'était longtemps demandé à quelles ex-
trémités mon malheur avait pu m'amener, voyait avec soulagement que je le supportais avec calme et sang-froid. Car telle
était la forme prise par mon désespoir. Je voyais ma misère se
dresser devant moi, gigantesque, éternelle ; j'avais versé toutes
mes larmes, elle ne pouvait plus m'arracher un cri ; je lui offrais,

avec froideur et indifférence, ma tête privée de toute espèce de secours.

« Bendel, repris-je, tu connais mon sort. Un châtiment sévère vient punir une faute ancienne. Toi qui es innocent, ne lie pas plus longtemps ton destin au mien. Je pars cette nuit, une fois de plus ; selle-moi un cheval, j'irai seul ; tu restes, je le veux. Il doit y avoir encore quelques coffres pleins d'or : ils sont pour toi. Je vais mener une vie errante par le vaste monde ; si jamais le sort me sourit à nouveau, si le bonheur se souvient de moi, sois sûr qu'alors je penserai à toi, car aux heures difficiles, c'est toi qui as partagé mon chagrin. »

Mon serviteur navré dut m'obéir et exécuter ce dernier ordre en dépit de sa terreur ; je restai sourd à ses prières, à ses remontrances, à son chagrin ; il m'amena le cheval. Je le serrai encore une fois sur ma poitrine, sautai en selle et, à la faveur de la nuit, m'éloignai du lieu sépulcral où je laissais tout ce qui avait fait ma vie, sans me soucier du chemin qu'emprunterait mon cheval, car sur toute la Terre, je n'avais plus ni but, ni désir, ni espoir.

Chapitre VIII

Bientôt un homme à pied se joignit à moi, marcha quelque temps à coté de mon cheval, puis, comme nous suivions le même chemin, demanda l'autorisation de poser derrière moi, sur la croupe de ma bête, un manteau qu'il portait ; je le laissai faire sans mot dire. Il me remercia de ce menu service avec une courtoisie mesurée, fit l'éloge de mon cheval, saisit l'occasion pour célébrer le bonheur et la puissance des riches, et s'engagea, je ne sais comment, dans une sorte de monologue où il n'avait d'autre auditeur que moi.

Il développa ses vues sur la vie et le monde, puis, très vite, en vint à la métaphysique, dont il attendait la solution de toutes les énigmes, il exposa le problème avec beaucoup de clarté et se mit à chercher une réponse.

Tu sais, mon ami, que j'ai étudié les philosophes les uns après les autres à l'école ; en fin de compte, j'ai compris que je n'avais aucune vocation pour cette spéculation et je m'en suis désintéressé ; depuis lors, j'ai laissé dormir bien des questions, renoncé à comprendre bien des choses ; comme tu me l'as toi-même conseillé, je me suis fié à mon jugement et j'ai, autant que j'ai pu, suivi ma propre route. Mon éloquent compagnon parais-sait bâtir, avec un grand talent, un édifice solidement charpenté, qui s'élevait peu à peu, trouvant ses fondements en lui-même et tenant comme par une nécessité intérieure. Mais je n'y décou-vrais pas du tout ce que j'attendais, c'était seulement une œuvre d'art, dont la grâce harmonieuse et la perfection ne satisfai-saient que l'œil ; pourtant j'écoutais sans me faire prier cet homme disert qui avait réussi à détourner mon attention de mes souffrances, et je me serais volontiers rendu à ses arguments s'il avait su toucher mon âme aussi bien que mon esprit.

Le temps avait passé ; insensiblement l'aube pointait à l'horizon ; je m'effrayai lorsque je levai les yeux et vis se déployer à l'orient cette richesse de couleurs qui annonce l'approche du soleil. A cette heure où les ombres s'allongent orgueilleusement, il n'y avait dans cette lande ni abri ni rempart ! et je n'étais pas seul ! Je lançai un regard à mon compagnon et sursautai. C'était l'homme à l'habit gris.

Il sourit de ma consternation et continua, sans me laisser parler :

« Permettez, comme c'est l'usage dans le monde, que nos intérêts communs nous réunissent pour un moment ; nous aurons toujours le temps de nous séparer. Notre route, qui suit la montagne, est la seule, pensez-y, où vous puissiez raisonnablement vous engager ; vous ne pouvez pas descendre dans la vallée ; vous ne tenez pas à repasser la montagne pour revenir à votre point de départ. Or, cette route est aussi la mienne. Je vous vois déjà pâlir parce que le soleil se lève. Allons, je vous prête votre ombre pour le temps que nous passerons ensemble ; vous me tolérerez dans votre voisinage ; vous n'avez plus Bendel ; je veux vous rendre de bons et loyaux services. Vous ne m'aimez pas, je le regrette. Ce n'est pas une raison pour ne pas vous servir de moi. Le diable n'est pas si noir qu'on le peint. Hier vous m'avez fait enrager, c'est vrai ; je ne vous en garde pas rancune et je vous ai déjà fait passer le temps jusqu'ici, vous ne pouvez le nier. Reprenez donc votre ombre à l'essai. »

Le soleil était levé, des gens arrivaient en face ; j'acceptai la proposition, non sans répugnance. En souriant, l'homme fit glisser mon ombre qui, à peine à terre, enfourcha celle de mon cheval et trotta gaiement à côté de moi. J'éprouvais une sensation d'étrangeté. Je croisai un groupe de paysans qui firent place, respectueusement, têtes nues, à l'homme riche que j'étais. Je poursuivis ma route, l'œil avide et le cœur battant, jetant un regard en coin, du haut de mon cheval, sur cette ombre qui était la mienne et que j'avais due emprunter à un étranger, disons plutôt à un ennemi.

Il marchait à mes côtés, parfaitement insouciant, sifflant même une chanson. Il était à pied, moi à cheval : je fus pris de vertige ; la tentation était trop grande, je tournai bride sans prévenir, piquai des deux et m'engageai au grand galop dans un chemin de traverse ; mais je ne réussis pas à enlever mon ombre qui, pendant ma volte-face, avait abandonné celle de mon cheval et attendait sur la grand-route son maître légitime. Je dus revenir tout penaud ; l'homme à l'habit gris commença par achever sa chansonnette, puis se moqua de moi, remit mon ombre en place et dit qu'elle ne consentirait à s'attacher à moi et à rester près de moi que lorsque j'en serais de nouveau le légitime propriétaire.

« Je vous tiens par votre ombre, continua-t-il, et vous ne m'échapperez pas. Un homme riche comme vous a besoin d'une ombre ; impossible de s'en passer ; vous n'êtes à blâmer que pour ne pas l'avoir compris plus tôt. »

Je continuai mon voyage par la même route ; je jouissais de toutes les commodités de la vie, et même du superflu ; je me déplaçais librement et sans problèmes, puisque j'avais une ombre, fût-ce une ombre d'emprunt, et j'inspirais partout le respect qu'inspire la richesse ; mais j'avais la mort dans l'âme. Mon étrange compagnon, qui se faisait passer pour le serviteur indigne de l'homme le plus riche du monde, était d'un empressement extraordinaire, d'une habileté et d'une adresse inouïes, le parfait valet de chambre d'un homme riche ; mais il ne me quittait pas d'une semelle et ne cessait de m'adresser la parole, se déclarant convaincu que je finirais, ne fût-ce que pour me débarrasser de lui, par accepter le marché qu'il me proposait et racheter mon ombre. Je le trouvais aussi importun qu'odieux. Il me faisait continuellement peur. Je m'étais mis dans sa dépendance. Il me tenait en son pouvoir depuis qu'il m'avait fait retrouver ce luxe mondain, que j'avais résolu de fuir. Il me fallait subir son éloquence et j'étais bien près d'admettre qu'il avait raison. Dans le monde, il faut qu'un homme riche ait une ombre, et si je voulais soutenir le rang qu'il m'avait incité à reprendre, on ne pouvait envisager qu'une seule issue. Mais j'avais sacrifié mon amour et compromis ma vie ; depuis lors, j'étais fermement résolu à ne pas livrer, pour toutes les ombres du monde, mon âme à cette créature. Je me demandais comment tout cela finirait.

Nous nous étions assis un jour devant une grotte que les voyageurs étrangers ont coutume de visiter. On y entend monter des profondeurs le grondement de torrents souterrains, et si l'on y jette une pierre, on dirait que rien ne viendra l'arrêter dans sa chute. Comme d'habitude, l'inconnu me peignait avec une imagination prodigue, avec tout le chatoiement et la séduction des couleurs les plus vives, le tableau détaillé de tout ce que je pourrais faire dans le monde avec ma bourse dès que mon ombre serait de nouveau en ma possession. Les coudes appuyés sur les genoux, je me plongeais le visage dans les mains et j'écoutais le traître, partagé entre la tentation et la ferme décision que j'avais prise. Je ne pouvais rester plus longtemps dans cet état de contradiction intérieure, et je décidai d'engager le combat décisif :

« Vous semblez oublier, monsieur, que si je vous ai permis de me tenir compagnie sous certaines conditions, je n'en ai pas moins réservé mon entière liberté.

– Si vous l'ordonnez, je plie bagage. »

Cette menace lui était habituelle. Je me tus ; il se mit aussitôt à rouler mon ombre. Je pâlis, mais je le laissai faire sans rien dire. Un long silence suivit. Il reprit la parole le premier :

« Vous ne pouvez pas me souffrir, monsieur, vous me haïssez, je le sais : mais pourquoi me haïssez-vous ? Est-ce parce que vous m'avez attaqué sur la voie publique et que vous avez voulu m'enlever de force mon nid d'oiseau ? Ou bien parce que vous avez cherché, comme un voleur, à me dépouiller de mon bien, cette ombre que vous croyiez tenir à votre merci ? Pour ma part, je ne vous hais pas ; je trouve tout naturel que vous fassiez jouer vos seuls avantages, la ruse et la violence ; que, par ailleurs, vous ayez les principes les plus rigides et pensiez comme l'honnêteté en personne, c'est une fantaisie à laquelle je n'ai rien à redire. En effet, mes principes ne sont pas aussi sévères que les vôtres ; je me contente d'agir comme vous pensez. Vous ai-je jamais sauté à la gorge pour m'emparer de cette âme à laquelle vous tenez tant, et qui me fait envie ? Ai-je lâché sur vous un de mes gens dans le but de reprendre ma bourse ? Ai-je fait mine d'oublier ma promesse après vous avoir enlevé cette bourse de malheur ? »

Je ne trouvais rien à lui répondre ; il continua :

« Soit, monsieur, soit ! Vous ne pouvez pas me souffrir ; cela aussi, je le comprends aisément et ne vous en fais pas grief. Il faut nous séparer, c'est clair ; vous aussi vous commencez à me paraître ennuyeux. Aussi, pour vous permettre de vous soustraire entièrement à mon humiliante présence, je vous donne encore une fois ce conseil : rachetez-moi l'objet que vous savez. »

Je lui présentai la bourse :

« A ce prix.

— Non ! »

Je poussai un profond soupir et dis :

« Soit. Mais j'insiste encore, monsieur, pour que nous nous séparions ; ne vous mettez plus en travers de ma route ; le monde, je l'espère, est assez vaste pour nous deux. »

Il sourit et répliqua :

« Je pars, monsieur ; mais avant je veux vous apprendre comment me sonner, si jamais vous aviez besoin de votre dévoué serviteur : vous n'avez qu'à secouer votre bourse pour faire tinter les pièces d'or inépuisables ; ce bruit suffit pour m'attirer. Chacun en ce monde songe à son intérêt ; vous voyez que je me préoccupe en même temps du vôtre, car je vous révèle manifestement un pouvoir nouveau... Oh, cette bourse !... Même si les mites avaient déjà rongé votre ombre, cette bourse serait encore entre nous un lien solide. Bref, vous me tenez par mon or ; même à distance, donnez des ordres à votre valet ; vous savez que je peux rendre d'assez bons services à mes amis, et que les riches jouissent auprès de moi d'une faveur particulière ; vous l'avez vu vous-même... Quant à votre ombre, monsieur, tenez-vous-le pour dit, vous ne l'aurez jamais, sauf à une condition. »

Des figures du passé se présentèrent à mon esprit. Je lui demandai soudain :

« Aviez-vous une signature de M. John ?

Il sourit :

« Avec un ami si fidèle, je n'en avais nul besoin.

— Où est-il ? Au nom du ciel, je veux le savoir ! »

Il eut une hésitation, puis plongea la main dans sa poche et tira par les cheveux la forme pâle et défigurée de Thomas John ; les lèvres bleuies du cadavre bougèrent, formant ces graves paroles :

« *Justo judicio Dei judicatus sum ; justo judicio Dei condemnatus sum.*[14] »

Je pris peur et, jetant hâtivement dans le gouffre la bourse qui tintait, j'adressai à l'homme gris ces dernières paroles :

« Je t'en supplie, au nom de Dieu, horrible créature, lève-toi et va-t'en d'ici ; ne parais jamais plus devant mes yeux ! »

Il se leva d'un air sombre et disparut aussitôt derrière la masse des rochers qui délimitaient ce lieu sauvage.

---

[14] « C'est par un juste jugement de Dieu que j'ai été jugé, par un juste jugement de Dieu que j'ai été condamné. »

Chapitre IX

J'étais assis là, sans ombre et sans argent ; mais ma poitrine était soulagée d'un grand poids et j'avais l'âme sereine. Si je n'avais pas perdu en outre mon amour, ou si seulement cette perte ne m'avait causé aucune souffrance, je crois bien que j'aurais pu être heureux. Mais je ne savais que faire. Je fouillai mes poches et y trouvai encore quelques pièces d'or ; je les comptai et me mis à rire. J'avais mes chevaux en bas à l'auberge, je n'osais y retourner ; il fallait attendre au moins le coucher du soleil ; il était encore très haut dans le ciel. Je m'étendis à l'ombre des arbres les plus proches et m'endormis paisiblement.

De gracieuses visions s'entrelaçaient en une ronde joyeuse. Mina, une couronne de fleurs dans les cheveux, passait devant moi sans toucher terre et me souriait gentiment. L'honnête Bendel aussi était couronné de fleurs et m'adressait au passage un salut amical.

Je vis encore bien d'autres personnes et, à ce qu'il me semble, toi aussi, Chamisso, loin dans la foule ; une vive lumière brillait ; pourtant personne n'avait d'ombre ; chose plus étrange ; encore, le spectacle n'était pas désagréable : des fleurs et des chansons, de l'amour et de la joie dans les palmeraies. Je ne parvenais pas à retenir ces figures mobiles, diaphanes, charmantes ; mais je sais que ce rêve me plaisait et que je ne voulais pas m'éveiller ; j'étais déjà éveillé que je gardais encore les yeux fermés, pour voir plus longtemps ces images fugitives.

J'ouvris enfin les yeux ; le soleil brillait toujours dans le ciel, mais à l'est ; j'avais passé la nuit à dormir. J'interprétai cette circonstance comme un avertissement ; il valait mieux ne pas retourner à l'auberge. Je fis mon deuil de ce que j'y avais laissé et décidai de m'engager à pied dans un chemin latéral qui traversait une contrée sauvage, au pied de la montagne, laissant au destin le soin de faire de moi ce qu'il avait projeté. Je ne jetai pas un regard en arrière et ne songeai pas un instant à recourir à Bendel que j'avais laissé riche. J'étais adapté à ma condition future en ce monde. Mon costume était très modeste : j'avais sur moi une vieille *kurtka* noire que j'avais déjà portée à Berlin et qui m'était tombée sous la main, je ne sais comment, au moment de faire ce voyage. J'avais en outre un bonnet de voyage sur la tête et une paire de vieilles bottes aux pieds. Je me levai, à l'endroit même où je me trouvais, je taillai en souvenir un bâton noueux et commençai aussitôt mes pérégrinations.

Dans la forêt, je rencontrai un vieux paysan qui me salua en toute simplicité ; j'engageai la conversation. Je m'informai, en voyageur avide de s'instruire, de la route, puis de la contrée et de ses habitants, des productions de la montagne et d'autres questions de ce genre. Il répondit à mes questions avec beaucoup de bon sens et de détails. Nous arrivâmes au lit d'un torrent, qui avait ravagé la forêt sur une vaste étendue. J'eus peur à la vue de cet espace où brillait le soleil et laissai passer le paysan devant moi. Mais il s'arrêta au milieu de l'emplacement dévasté et se tourna vers moi pour me raconter la catastrophe. Il remarqua bientôt ce qui me manquait et interrompit son récit pour me lancer :

« Mais comment est-ce possible ? Monsieur n'a pas d'ombre !

— Hélas ! hélas ! lui répondis-je en soupirant, au cours d'une longue et mauvaise maladie, j'ai perdu mes cheveux, mes ongles et mon ombre. Voyez, brave homme, les cheveux qui me sont revenus : à mon âge, ils sont tout blancs ; les ongles sont encore très courts ; quant à mon ombre, elle ne veut toujours pas repousser.

— Ah ! dit le vieillard en hochant la tête, pas d'ombre, c'est mauvais ! C'est une bien mauvaise maladie que monsieur a eue là. »

Mais il ne reprit pas son récit et, au premier chemin de traverse qui se présenta, il me quitta sans dire un mot. Je fus de nouveau rempli d'amertume et perdis toute ma sérénité.

Le cœur ulcéré, je continuai ma route et ne recherchai plus la compagnie d'aucun homme. Je me tenais au plus profond des bois et je dus parfois, pour franchir un espace où brillait le soleil, attendre pendant des heures qu'aucun regard humain ne m'interdît le passage. Le soir, je cherchais un logement dans les villages. J'allais vers une mine de la montagne où je pensais trouver du travail sous terre ; car, outre que ma situation m'obligeait à pourvoir à ma subsistance, j'avais compris que seul un travail très fatigant pourrait me protéger contre mes pensées moroses.

Deux ou trois jours de pluie me permirent de cheminer d'un bon train, mais aux dépens de mes bottes, dont les semelles étaient destinées au comte Peter et non à un pauvre marcheur. En fait, j'allais pieds nus. Il fallait trouver une paire de bottes neuves. Le lendemain matin, je m'occupai de cette affaire dans un bourg où il y avait foire ; une boutique vendait des bottes neuves et d'occasion. Je fis mon choix et marchandai longuement. Je dus renoncer à une paire de bottes neuves dont j'avais envie : il fallut reculer devant l'énormité du prix. Je me contentai donc d'une paire de vieilles, encore bonnes et solides, et que le garçon de boutique, un beau jeune homme à boucles blondes, me remit contre argent comptant, avec un aimable sourire, et non sans me souhaiter bon voyage. Je les mis aussitôt et sortis du bourg par une porte donnant au nord.

J'étais plongé dans de profondes pensées et regardais à peine où je posais le pied ; je songeais à la mine, où j'espérais arriver dans la soirée et où je me demandais comment me présenter. Je n'avais pas encore fait deux cents pas quand je m'aperçus que je m'étais égaré ; je regardai autour de moi : j'étais dans une très ancienne forêt de sapins, absolument déserte et où, semblait-il, jamais bûcheron n'avait porté la hache. Je fis encore quelques pas en avant, parmi des rochers désolés, recouverts de mousses et de saxifrages, noyés dans des champs de neige et de glace. L'air était très froid ; je me retournai, la forêt avait disparu derrière moi. Je fis encore quelques pas : autour de moi régnait un silence de mort ; à perte de vue s'étendait le champ de glace où je m'étais arrêté, recouvert par un brouillard immobile et épais ; le soleil brillait comme une tache sanglante aux confins de l'horizon. Le froid était intolérable. Je ne savais pas comment tout cela m'était arrivé ; le froid qui m'engourdissait me força à hâter le pas ; je n'entendais que le fracas lointain des eaux : un pas, et je fus sur les bords glacés d'un océan. Devant moi, d'innombrables troupeaux de phoques se précipitaient dans les flots en faisant grand tapage. Je suivis le rivage, vis de nouveau des rochers nus, des campagnes, des forêts de bouleaux et de sapins ; puis je courus quelques minutes droit devant moi. La chaleur était étouffante ; je regardai autour de moi : j'étais au milieu de rizières bien cultivées, bordées par des mûriers. Je me mis à l'ombre des arbres, jetai un coup d'œil sur ma montre : il me semblait bien que je n'avais quitté que depuis un quart d'heure l'endroit où se tenait le marché ; je croyais rêver ; je me mordis la langue pour me réveiller, mais j'étais éveillé. Je fermai les yeux pour rassembler mes idées. J'entendis prononcer devant moi, sur un ton nasillard, des syllabes étranges ; je levai les yeux : deux Chinois, que j'aurais reconnus à leur visage à défaut de leur costume, s'adressaient à moi dans leur langue et me prodiguaient les salutations en usage dans leur pays ; je me levai et reculai de deux pas. Je ne les vis plus ; le paysage avait complètement changé : des arbres, des forêts, avaient remplacé les rizières. Je considérai ces arbres, puis les plantes qui poussaient autour de moi ; je les connaissais, c'étaient des plantes de l'Asie du Sud-Est ; je voulus m'avancer vers un arbre ; un pas — et de nouveau le spectacle avait changé. Alors je fis comme une recrue à qui l'on apprend l'exercice, et je marchai d'un pas lent et appuyé. Une étonnante succession de champs, de plaines, de prairies, de montagnes, de steppes, de déserts, se déroula devant mon regard stupéfait : j'avais aux pieds, sans le moindre doute, des bottes de sept lieues.

Chapitre X

Je tombai à genoux dans un muet recueillement et versai des larmes de gratitude, car soudain mon avenir m'apparaissait clairement. Puisqu'une faute originelle m'avait exclu de la société des hommes, le destin, en échange, me ramenait à la nature, que j'avais toujours aimée ; la terre m'était donnée comme un riche jardin, l'étude comme ma règle et ma force, la science comme le but de ma vie. Ce n'était pas une simple décision que je prenais. Depuis lors, j'ai seulement essayé de réaliser fidèlement, et avec un zèle calme, rigoureux et ininterrompu, l'idée que j'avais eue alors dans toute sa perfection, et je n'ai été content de moi que lorsque la réalité coïncidait avec cet idéal.

Je me levai d'un bond pour m'approprier sans plus tarder, d'un rapide coup d'œil, ce champ où j'allais désormais moissonner. Je me trouvais sur les cimes du Tibet, et le soleil, que j'avais vu se lever quelques heures plus tôt, se couchait déjà ; je parcourus l'Asie d'est en ouest, rattrapai le soleil dans sa course, pénétrai en Afrique. J'examinai cette région avec curiosité et la traversai en tous sens à plusieurs reprises. Comme je considérais bouche bée, en Égypte, les Pyramides et les temples antiques, j'aperçus dans le désert, près de Thèbes aux cent portes[15], les grottes jadis fréquentées par les ermites chrétiens. Soudain, je vis clair en moi, je sus que là serait ma demeure. Je choisis, pour en faire mon futur logis, une des grottes les plus secrètes, à

---

[15] Une des capitales de l'Égypte pharaonique, ainsi surnommée à cause de son étendue. Dans les premiers siècles du christianisme, beaucoup d'ermites se retiraient au désert, non loin de la ville, pour y mener une vie ascétique. La plupart vivaient dans des grottes.

la fois spacieuse, commode et inaccessible aux chacals, puis je repris mon bâton.

Je revins en Europe par les colonnes d'Hercule[16], passai en revue le sud et le nord de notre continent, me rendis de l'Asie septentrionale au Groenland, puis en Amérique, en passant par les glaciers du pôle ; je parcourus les deux parties de ce continent, et l'hiver, qui régnait déjà au sud, me chassa du cap Horn vers le nord.

Je fis halte en Asie orientale jusqu'au jour et ne repris mes pérégrinations qu'après un repas substantiel. Je suivis à travers les deux Amériques la chaîne de montagnes où se trouvent les sommets les plus élevés du globe. Je sautais, en prenant mes précautions, de sommet en sommet, tantôt sur des volcans en éruption, tantôt sur des dômes couverts de neige, ayant souvent du mal à respirer ; j'arrivai au mont Saint-Elie[17] et sautai en Asie par-dessus le détroit de Behring. Je suivis les multiples sinuosités de sa côte orientale et cherchai avec une attention particulière les îles toutes proches qui m'étaient accessibles. De la presqu'île de Malacca, mes bottes me portèrent à Sumatra, Java, Bali et Lombok ; non sans péril souvent, je parcourus les îles minuscules et les rochers dont cette mer est comme hérissée, cherchant un passage au nord-ouest vers Bornéo et d'autres îles du même archipel ; en vain. Je dus abandonner tout espoir. Je m'assis enfin sur la pointe extrême de Lombok et, le visage tourné vers le sud-est, je pleurai devant la grille solidement fermée de ma prison, navré d'avoir trouvé si vite des limites que je ne pouvais franchir. La Nouvelle-Hollande[18], pays curieux, dont la connaissance est indispensable pour qui veut comprendre la terre et la vie que le soleil y fait éclore — flore ou faune, — et aussi la mer du Sud avec ses îles madréporiques, m'étaient

-----

[16] Nom antique du détroit de Gibraltar.

[17] En Alaska.

[18] Ancien nom de l'Australie.

interdites ; dès le début, les matériaux que je voulais réunir et étudier étaient condamnés à rester de simples fragments. Cher Adalbert, quelle malédiction pèse donc sur les efforts des hommes ?

Souvent, au plus fort de l'hiver austral, j'ai tenté de franchir vers l'ouest, en traversant les glaciers polaires, les deux cents pas (en bottes de sept lieues) qui me séparaient de la terre de Van Diemen et de la Nouvelle-Hollande, sans m'occuper du retour, au risque de voir ce pays maudit se refermer sur moi comme la pierre du tombeau ; avec une audace insensée, j'ai fait sur les glaces flottantes des pas hasardeux ; j'ai bravé le froid et la mer. En vain : je n'ai pas encore atteint la Nouvelle-Hollande — chaque fois je revenais à Lombok, je m'asseyais à son extrémité et, le visage tourné vers le sud-est, je me lamentais une fois de plus, comme derrière la grille solidement fermée de ma prison.

Enfin, je m'arrachai à ce lieu et, le cœur plein d'amertume, regagnai l'Asie centrale, je la traversai entièrement, poursuivant l'aurore dans sa course vers l'ouest, et j'arrivai en Thébaïde où il faisait encore nuit pour retrouver la demeure que j'avais choisie et où je m'étais arrêté la veille dans l'après-midi.

Après un bref repos, je pris soin, dès qu'il fit jour sur l'Europe, de me procurer tout ce dont j'avais besoin. D'abord, des chaussures pour ralentir ma marche ; car j'avais éprouvé combien il était incommode, quand je voulais examiner à mon aise les objets rapprochés, d'avoir à retirer mes bottes pour raccourcir mes pas. Une paire de pantoufles enfilées par-dessus mes bottes produisit l'effet escompté ; plus tard, j'en portai même toujours deux paires sur moi, car il m'arrivait souvent d'en abandonner une sans prendre le temps de la ramasser, quand des lions, des hommes ou des hyènes me surprenaient pendant mes randonnées d'herboriste. Pour des courses aussi brèves, ma bonne montre constituait un excellent chronomètre. J'avais besoin en outre d'un sextant[19], de quelques instruments de physique et de livres.

Pour me procurer ces divers objets, je fis non sans angoisse quelques courses à Londres et à Paris, mais un épais brouillard, par chance, avait plongé ces villes dans l'obscurité. Quand mon or miraculeux fut épuisé, je payai avec de l'ivoire africain, facile à trouver ; je devais cependant choisir des défenses petites, dont le poids n'excédait pas mes forces. Je fus bientôt pourvu de tout ce qu'il me fallait et commençai aussitôt ma nouvelle existence de savant solitaire.

Je faisais le tour de la Terre, mesurant tantôt l'altitude, tantôt la température des sources et de l'air, observant tantôt des animaux, tantôt des plantes ; je volais de l'équateur au pôle, d'un continent à l'autre, comparant sans cesse mes expériences entre elles. Les œufs des autruches africaines ou des oiseaux des mers du Nord, ainsi que des fruits, particulièrement ceux des palmiers des tropiques et des bananiers, étaient ma nourriture habituelle. Je suppléais au bonheur absent par la nicotine, et je remplaçais la sympathie des hommes et les convenances de la société par l'amour d'un caniche fidèle, qui gardait ma grotte près des villes, et qui, lorsque je revenais chargé de nouveaux trésors, se jetait joyeusement sur moi et me faisait sentir, comme le ferait un être humain, que je n'étais pas seul sur la Terre. Une aventure allait me ramener parmi les hommes.

---

[19] Le chronomètre permet de mesurer la longitude et le sextant la latitude. Ainsi Peter Schlemihl connaît toujours sa position.

Chapitre XI

Un jour, sur les côtes de Scandinavie, mes bottes étaient munies de leurs freins et je cueillais des lichens et des algues, quand un ours blanc m'apparut soudain au détour d'un rocher. Je voulus jeter mes pantoufles et m'élancer sur une île en face de moi que je comptais atteindre en passant par un rocher nu qui se dressait dans les flots. Je posai un pied sur le rocher, mais mon autre jambe ne suivit pas le mouvement et je tombai dans la mer, parce qu'une pantoufle, à mon insu, était restée accrochée à mon autre pied.

Transi de froid, je n'échappai qu'à grand-peine à ce danger ; dès que j'eus touché terre, je courus aussi vite que je pus vers le désert de Libye pour m'y sécher au soleil. Mais il darda si fort ses rayons sur ma tête que j'en devins malade et me précipitai d'un pas chancelant vers le nord. Je crus trouver quelque soulagement par des mouvements violents et courus, à enjambées rapides et mal assurées, d'ouest en est et d'est en ouest. Je rencontrais tantôt le jour, tantôt la nuit, tantôt l'été, tantôt les rigueurs de l'hiver.

Je ne sais combien de temps je parcourus la terre en chancelant. Une fièvre ardente me consumait les veines ; je sentais avec une grande anxiété que j'allais perdre conscience. Par malheur, dans cette imprudente randonnée, je marchai sur le pied de quelqu'un. Je devais avoir fait mal à ma victime, car je reçus un coup violent et m'écroulai.

Quand je retrouvai mes esprits, j'étais couché à l'aise dans un bon lit entouré de beaucoup d'autres lits dans une belle et vaste salle. Quelqu'un était assis à mon chevet ; dans la salle, des gens allaient d'un lit à l'autre. Ils s'arrêtèrent devant le mien et s'entretinrent de moi. Ils m'appelaient Numéro Douze et pourtant au mur, devant mes pieds — il n'y avait pas d'erreur, je pouvais le lire distinctement — en grandes lettres d'or, sur une plaque de marbre noir, s'inscrivait mon nom :

PETER SCHLEMIHL

reproduit sans la moindre faute. Il y avait encore sur la plaque, au-dessous de mon nom, deux rangées de lettres ; mais j'étais trop faible pour en débrouiller le sens et je refermai les yeux.

Puis j'entendis lire à haute et intelligible voix un texte où il était question de Peter Schlemihl, mais je ne pus en saisir la signification ; je vis paraître devant mon lit un homme aimable et une très belle femme vêtue de noir. Leurs visages ne m'étaient pas inconnus, et cependant je ne pouvais les identifier.

Peu à peu, je repris des forces. Je m'appelais Numéro Douze, et, à cause de sa longue barbe, Numéro Douze passait pour un Juif, mais n'en était pas moins bien soigné. Personne ne semblait avoir remarqué qu'il n'avait pas d'ombre. Mes bottes, à ce qu'on m'assura, comme tout ce qu'on avait trouvé sur moi à mon arrivée, étaient en lieu sûr et me seraient remises après ma guérison. Le lieu où j'étais alité s'appelait le *Schlemihlium* ; le texte qu'on lisait chaque jour à propos de Peter Schlemihl exhortait à prier pour ce personnage, fondateur et bienfaiteur de l'institution. L'homme aimable que j'avais vu près de mon lit était Bendel, la belle dame Mina.

Je guéris dans le Schlemihlium tout en gardant l'incognito, et j'appris bien d'autres détails : j'étais dans la ville natale de Bendel, où il avait, avec le reste de cet or qui n'avait toujours pas été béni, fondé en mon nom cet hospice, où des malheureux me bénissaient, et dont il assumait la direction. Mina était veuve ;

un malheureux procès criminel avait coûté la vie à M. Rascal et l'avait privée elle-même de la majeure partie de son bien. Ses parents n'étaient plus. Elle vivait là en veuve, dans la piété et la charité[20].

Je l'entendis un jour s'entretenir avec M. Bendel près du lit numéro douze :

« Pourquoi, noble dame, tenez-vous à vous exposer si souvent à l'air pernicieux qui règne ici ? Le destin aurait-il donc été si dur pour vous que vous ayez le désir de mourir ?

— Non, monsieur Bendel, depuis que j'ai cessé de vivre dans mon rêve et que j'ai repris conscience de moi-même, la vie m'est plus douce ; maintenant je ne souhaite plus et ne crains plus la mort. Je pense avec sérénité au passé et à l'avenir. N'est-ce pas aussi avec joie et ferveur que vous servez si pieusement votre maître et ami ?

— Oui, Dieu soit loué, madame. Nous avons connu une bien étrange destinée ; dans la coupe débordante de la vie, nous avons étourdiment puisé beaucoup de bonheur, mais aussi d'amères déceptions. Elle est vide aujourd'hui ; un spectateur pourrait croire que tout cela n'était qu'une répétition et attendre que commence le spectacle. Mais le vrai commencement est tout différent ; on ne désire pas répéter les erreurs d'antan et cependant l'on est heureux, dans l'ensemble, d'avoir vécu comme on l'a fait. J'ai confiance, et je suis persuadé que notre vieil ami doit être plus heureux qu'autrefois.

— J'ai confiance aussi », répondit la belle veuve, et ils continuèrent leur promenade.

----

[20] Dans l'Histoire de Maguelone de Tieck, Maguelone a un destin semblable et finit par soigner Pierre de Provence dans les mêmes conditions. Chamisso s'en est probablement inspiré.

Cette conversation avait fait sur moi une impression profonde et durable ; mais je me demandais si je devais me faire reconnaître ou repartir incognito. Finalement je me décidai. Je demandai du papier et un crayon et écrivis ces mots :

« Votre vieil ami aussi est plus heureux qu'autrefois, et s'il expie, cette expiation lui apporte la paix. »

Là-dessus j'exprimai le désir de m'habiller, car je me sentais plus fort. On alla chercher la clé pour ouvrir la petite armoire placée près de mon lit. J'y trouvai tout ce qui m'appartenait. Je mis mes vêtements, passai par-dessus ma *kurtka* ma boîte d'herboriste où je retrouvai avec joie mes lichens du Nord, et la porte était à peine ouverte que déjà j'étais loin sur le chemin de Thèbes.

Comme je suivais la côte de Syrie, le long de laquelle je m'étais éloigné la dernière fois de ma maison, je vis mon pauvre Figaro[21] venir à ma rencontre. Cet excellent caniche semblait vouloir suivre les traces de son maître, qu'il avait sans doute attendu longtemps. Je m'arrêtai et l'appelai. Il s'élança sur moi en aboyant, me prodigua mille preuves touchantes d'une joie démonstrative et spontanée. Je le pris sous mon bras, car il ne pouvait évidemment me suivre, et le ramenai chez moi.

J'y trouvai tout dans l'ordre où je l'avais laissé ; dès que j'eus retrouvé assez de forces, je repris peu à peu mes occupations antérieures et mon ancien genre de vie, à ceci près que toute une année, j'évitai le froid polaire qui m'était intolérable.

C'est ainsi, mon cher Chamisso, que je vis encore aujourd'hui. Mes bottes ne s'usent pas, contrairement à ce que m'a fait redouter, au début, le très savant ouvrage du célèbre Tieckius,

---

[21] Chamisso avait eu également un chien nommé Figaro.

De rebus gestis Pollicilli[22]. Leur vertu reste intacte ; seules mes forces fléchissent ; cependant j'ai la consolation de les avoir utilisées à une seule fin, dans une direction constante et non sans fruit.

Aussi loin que mes bottes ont pu atteindre, j'ai appris à connaître la Terre, sa forme, ses montagnes, sa température, les changements de son atmosphère, les manifestations de son magnétisme, la vie qui grouille à sa surface et en particulier la flore, tout cela plus complètement qu'aucun homme avant moi. J'ai systématiquement exposé les faits, avec le plus d'exactitude possible, dans plusieurs ouvrages, et j'ai consigné, en passant, mes conclusions et mes considérations personnelles dans quelques dissertations. J'ai fixé la géographie du centre de l'Afrique et des terres du pôle Nord, du centre de l'Asie et de ses côtes orientales. Mon *Historia stirpium plantarum utriusque orbis* constitue déjà un fragment considérable de la *Flora universalis terrae* et une pièce maîtresse de mon *Systema naturae*. Je n'ai pas seulement augmenté de plus d'un tiers (au moins) le nombre des espèces connues, mais je pense aussi avoir apporté ma contribution à la connaissance du système de la nature et de la répartition géographique des plantes. Je travaille maintenant avec zèle à ma faune. Je veillerai à ce qu'avant ma mort mes manuscrits soient déposés à l'Université de Berlin.

C'est toi, mon cher Chamisso, que j'ai désigné comme dépositaire de ce manuscrit extraordinaire, afin que peut-être, quand j'aurai disparu de cette Terre, mon histoire donne une leçon à tant de ses habitants. Mais toi, mon ami, si tu veux vivre parmi les hommes, apprends à révérer d'abord l'ombre, ensuite seulement l'argent. Si tu veux vivre seulement pour toi et pour

---

[22] Les exploits du petit Poucet, conte dramatique de Tieck (1811). L'auteur y avançait l'idée que les bottes de sept lieues perdaient une lieue à chaque ressemelage.

cet homme meilleur qui existe en puissance en toi, alors tu n'as besoin d'aucun conseil.